큐빅과 다이아몬드

큐빅과 다이아몬드

이민우 희곡집

인문MnB

차 례

사람 취급도 못 받고 유령처럼 일하던 이들이
도둑놈 취급만큼은 제대로 받는다.
대한민국에서는 노동자가 아니지만
CCTV만이 우리를 노동자로 처음 인정한다.
한 평당 한 대.
수십 대의 CCTV.
여자들이 전부인 출고 팀에 설치되어 있는 CCTV 화면.
작업복 환복 때도 환복 공간은 없으니
수십 대의 CCTV 아래 꽃 팬티를 휘날린다.
― 김정봉, 〈CCTV 35대〉 전문

종로 쥬얼리 노동자들을 다룬 희곡 〈큐빅과 다이아몬드〉의 취재 및 인터뷰를 도와 주신 종로 쥬얼리 노동조합의 김정봉 분회장님이 개인적으로 쓴 시詩다.

보석은 어디에서나 환영받는다.

그 보석을 만든 사람은 보석보다 못한 취급을 받는다.

오히려 유령 취급을 당한다.

돈 한 푼 걱정에, 한 평 더 큰 보금자리를 고민하는 우리보다

당당하게 한 평을 혼자 차지하는 CCTV가 더 부자다.

그런 CCTV조차 보석만을 걱정한다.

그나마 우리가 사람답게 관심을 받을 때는 꽃팬티가 휘날릴 때.

그조차 팬티가 더 주목받는다.

열악한 환경에서 오늘도 고객을 위해 4대 보험의 혜택도 받지 못하고 연차도, 야근수당도 없이 일하는 쥬얼리 노동자들. 그들에게 최소한의 인간다운 권리, 노동자로서 자부심을 지켜 줘야 하는 이유는 이 이야기가 단순히 그들만의 이야기가 아닌 우리 모두에게 해당될 수 있는 '유효한 문제'이기 때문이다.

아버지, 어머니

무엇보다 희곡의 길로 인도해 준 와이프와 귀여운 어린 딸

그리고 대학 시절 노동현장에 관심을 가지도록 해 준 잠시 스쳐 간 '빨갱이' 동료들, 늘 옆에서 응원해 주는 주변의 모든 친구들과 지인들에게 감사함과 부끄러움을 전합니다. 책이 나올 수 있게 많은 도움을 주신 인문엠앤비 이노나 대표님,《인간과문학》유한근 선생님 그리고《인간과문학》소속 작가 선생님들께 다시 한 번 감사의 말씀 드립니다.

《큐빅과 다이아몬드》가 세상에 나올 수 있는 계기를 마련해 준 한국문화예술위원회 아르코와 강신애 담당자님께도 고마움을 표합니다.

무엇보다 종로 쥬얼리 노동자분들. 감사드리며 앞으로도 항상 응원하겠습니다! 인터뷰에 응해 주신 쥬얼리 노동자분들과 대표하여 작품을 위해 취재를 허락해 주신 김정봉 분회장님께 다시 한번 감사의 말씀 드리겠습니다.

2020년 가을
이민우

큐빅과 다이아몬드

등장인물

여자1(1인 2역) – 1970년 청계천 봉제 공장 여공이자 2020년 쥬얼리 공장 노동자
여자2(1인 2역) – 1970년 청계천 봉제 공장 여공이자 2020년 쥬얼리 공장 노동자
여자3(1인 2역) – 1970년 청계천 봉제 공장 여공이자 2020년 쥬얼리 공장 노동자
남 자 (1인 2역) – 1970년 청계천 봉제 공장 남공이자 2020년 쥬얼리 공장 사장

배 경

1970년 청계천 봉제 공장
그리고 2020년 종로 쥬얼리 공장

무 대

한 공간에
1970년과 2020년을 동시에 보여준다.
1막은 1970년 청계천 봉제 공장이고
2막은 2020년 종로 쥬얼리 공장이다.

여러 작업대들이 오와 열에 줄 맞춰
반듯하게 무대 중앙에 위치한다.
작업대에 의자는 없다.
무대 뒤편으로는 큰 싱크대가 하나 자리하고 덮
개로 덮여 있다.
싱크대 안에 말통을 서너 개 준비해야 하며 말통
은 2막부터 쓰인다.
큰 시계 하나가 무대 위 천장에 걸려 있다.

1막에서는
작업대들 위로 재봉틀이 하나씩 놓여 있다.
작업대 재봉틀 옆으로는 아직 완성되지 않은 곰 인
형들이 산처럼 쌓여 있다.
머리가 아직 안 달려 있는 곰, 팔이 안 달려 있는
곰, 다리가 안 달려 있는 곰, 그리고 눈깔이 하나
도 없는 곰 인형들이 작업대 위에 널려 있다.

2막에서는

작업대 위에 재봉틀 대신

보석 세공기가 놓인다.

곰 인형들도 큐빅이 가득 들어 있는 상자들로 바뀐다.

조명은 무대 전체를 비추는 전체 조명 외에

각 작업대와 무대 뒤편 싱크대 그리고 인물들이 등·

퇴장하는 무대 입구 위에 핀 조명이 각각 반드시 있어

야 한다.

핀 조명들의 경우, 셀로판 등을 활용하여 형형색색의

효과가 가능토록 한다.

배우들의 의상은 남자가 2막에서 반드시 잘 차려입은

양복을 입어야 한다는 점 외에는 연출 재량에 맡긴다.

소품 역시 1막에서 여자2가 들고 있는 반지와 2막에

서 여자1이 들고 있는 반지가 반드시 같을 필요는 없

다. 반지 자체가 꼭 등장하지 않아도 되며 이는 연출

재량에 맡긴다.

재봉틀이나 보석 세공기 그리고 곰 인형들과 큐빅이

가득 든 상자들 역시 연출에 따라 실제 소품 없이 공

연하는 것도 가능할 것이다.

―제 1막―

1970년 청계천 봉제 공장―

전체 조명이 서서히 밝아지고
작업대 위에 아직 미완성인 곰 인형을 안고 누워 있는
여자 1의 모습이 보인다.
그 옆으로는 다른 미완성인 곰 인형들이 널려 있다.
전체 조명이 다 밝아지고
여자 1, 눈을 비비면서 하품을 한다.
기지개를 켜며 누워 있던 작업대에서 일어나는 여자 1

여자 1 (안고 있는 곰 인형을 보며) 잘 잤니?
아직 팔이 없어서 인사는 못 하는구나.
오늘 이 누나가 팔 달아 줄게.
누나가 팔 달아 주면 잘 때 꼬옥 안아 주는 거다. 알았지?
(곰 인형을 안으며) 사랑해.
(옆에 놓여 있는 다른 곰 인형 얼굴들을 보며) 너도 사랑해.

너도 사랑하고

너도 사랑해.

너는 오늘 목을 달아 줄게.

너는 귀를 달아 주고.

조금만 더 참아.

조금만 더 있으면 어른이 되는 거야.

설레지? 어른이 된다니까!

어른이 되면 마음대로 맛있는 것도 먹을 수 있고

여행도 갈 수 있고 사랑도 할 수 있대!

사랑이란 대체 뭘까? 막 설레겠지?

이 가슴 한구석이 엄청 뜨거워진대.

언니들은 되게 아프다고도 하던데……. 진짜 아플까?

궁금해? 궁금하지?

그래! 내가 너희들 가슴도 만들어줄게!

나중에 너희 주인을 만나면 주인에게 받을 사랑을 느낄 수 있게.

갑자기 흥겨운 음악이 나오며

전체 조명이 꺼진다.

빨간색, 노란색 등 형형색색 핀 조명이 무대 입구 위에서 켜진다.

핀 조명 아래 서 있는 여자 2의 모습이 보인다.

여자 2   (뇌쇄적인 표정에 간드러진 목소리로)
          지금 아름다운 인생을 살고 계신가요?
          아니면 아름다워지고 싶으신가요?
          (손가락에 낀 반지를 관객들을 향해 보이며)
          빛나는 인생! 아름다운 사람이 되세요!
          아름다움은 눈에 보이는 것!
          당신의 아름다움을 위해!
          다이아몬드!

          음악이 멈추고
          화려했던 핀 조명이 꺼진다.

          다시 전체 조명이 켜진다.
          천장 위에 걸린 시계를 올려다보는 여자 2

여자 2   9시 2분?
          젠장― 또 지각이네.
          (시계를 올려다보며) 한 번만 봐주세요.
          겨우 2분이라고! 겨우 2분!
          (사이)

오늘도 대답이 없네.

자기 작업대 뒤에 서서 일할 준비를 하는 여자 2

여자 2   하긴. 언제 우리 사정을 봐준 적이 있었나.

    좀 봐줘라! 좀 보라고!

    (반지 낀 왼손을 시계를 향해 들어 보이며)

    여기를 좀 보세요. 나를 좀 보라고요.

여자 1   (여자 2 옆으로 다가오며) 언니. 지금 오는 거야?

여자 2   2분 늦었어. 짜증나.

여자 1   잠은 어디서 잤는데?

여자 2   (손에 낀 반지를 보며) 어디에서 자든 그게 무슨 상관이야.

    어디든 지붕만 있으면 됐지.

여자 1   내가 얼마나 걱정했는지 알아?

여자 2   걱정?

    왜?

    뭘 걱정하는데?

    넌 여기서 매일 잠을 자고 싶니?!

    낮에는 일하고 밤에는 잠자고.

    침대도 아니고 작업하던 작업대 위에 누워서 자는 거.

나는 이제 안 할래.

(사이)

너 내가 어제 야근 안 하고 데이트하러 가서 시샘하는 거야?

여자 1 (여자 2 작업대 위에 쌓인 곰 인형을 가리키며) 언니, 이거

진짜 언제 다 할 건데?

여자 2 정말 끔찍해! 소름 끼쳐!

저 팔다리 없고 눈깔도 없는 병신들!

여자 1 그러니까 빨리 일을 해서 이 아이들이 사랑받을 수 있게 해야지.

여자 2 사랑?

흥! 그래 봤자 애들 인형이야!

저건 모가지도 뽑혀 있잖아!

여자 1 아직 목을 안 단 거야. 뽑힌 게 아니라고.

나중에 누군가 사랑해 줄 아이들인데 사랑하는 마음으로 만들어야지

여자 2 네가 사랑이 뭔지는 알아?

(반지를 보이며) 자! 이거 봐라!

여자 1 이게 뭐야?

여자 2 봐봐!

뭐 같아?

여자 1 반지 너무 이쁘다.

남자친구가 준 거야?

여자 2 (고개를 끄덕이며) 다이아몬드야! 다이아몬드!

여자 1 (크게 놀라며) 다이아몬드?!

여자 2   다이아몬드 본 적이나 있어?

          어때? 엄청 이쁘지?

여자 1   세상에! 이게 말로만 듣던 다이아몬드구나.

          세상에!

          그러면! 남자친구가!

          청혼 받은 거야?

여자 2   (새침한 표정을 지으며) 조금만 기다려.

          여기서 사라져 줄 테니까. '펑─!' 하고 말이야.

여자 1   어머나! 축하해!

          어떻게 청혼했는데? 응?

여자 2   어제 저녁에 말이야.

          낭만적인 음악이 낮게 깔리며

          전체 조명이 어두워진다.

          무대 뒤편 싱크대 위로 핀 조명이 켜진다.

          핀 조명 아래 남자와 여자 3이 서 있다.

          여자 2의 대사에 따라 몸짓을 하는 남자와 여자 3.

          여자 2 작업대 위 핀 조명이 켜진다.

여자 2   명동에 있는 반줄에 갔거든.

싱크대를 가운데 두고 나란히 서로 마주 보는 남자와 여자 3

서로를 보고 정중하게 인사를 한다.

여자 1   세상에! 반쥴? 그 경양식집?

  부럽다!

  뭐 먹었어? 뭐 먹었는데?

여자 2   스테끼!

  우아하게 스테끼를 썰어 먹었지.

서 있는 상태로 서로 마주 보고 스테이크를 썰어 먹는 시늉을 하는

남자와 여자 3

여자 1   스테끼!

  세상에! 말로만 듣던 스테끼!

  진짜 어른이 되면 먹을 수 있는 게 많구나.

여자 2   그렇게 스테끼를 다 먹으니까

  남자친구가 다가오더니

여자 3에게 다가가는 남자

여자 1   몰라!

부끄러워!

여자 3 가까이로 밀착하는 남자

여자 1   어떡해! 어떡해!

뽀뽀? 뽀뽀?

여자 2   (반지를 자랑스럽게 드러내며) 이 다이아 반지를 내 손에

끼워 준 거야!

여자 3의 손을 잡는 남자

음악이 멈추고 핀 조명도 모두 꺼진다.

전체 조명이 다시 원래대로 밝아진다.

여자 1   자세히 좀 볼게.

(호기심 어린 눈으로 반지를 보며) 신기하다.

너무 신기해.

남자와 여자 3이 가까이 다가온다.

남　자　뭐 해? 일 안 하고?

여자 3　뭐야? 반지네?

　　　　웬 반지야?

여자 1　남자친구가 줬대요!

여자 3　남자친구?

남　자　그 은행 다닌다는 사람?

여자 2　(으쓱대며) 어제 남자친구랑 반줄 갔거든.

여자 1　다이아 반지에 반줄까지!

　　　　정말 대단하지 않아요?

　　　　언니가 너무 부러워요!

　　　　나도 빨리 어른이 돼서 사랑을 해야지.

남　자　다이아?

　　　　이거 다이아몬드야?

여자 1　남자친구가 청혼했대요!

여자 3　왜 이렇게 호들갑이야?

(여자 2를 보며) 결혼하는 거야? 날짜는?

여자 2 아직 안 잡았어.

남　자 청혼 받았다고?

여자 2 왜?

　　　　질투나?

여자 1 너무 이쁘지 않아요?

　　　　반짝반짝 빛나요!

여자 3 (다소 심드렁하게) 그래?

　　　　반짝반짝 빛나나?

여자 1 다이아몬드잖아요.

　　　　너무 아름다워요!

여자 2 (어깨를 으쓱하며) 이쁘지?

여자 1 네! 너무 이뻐요!

여자 3 이게 진짜면 대체 얼마야?

여자 1 다이아몬드라는 게 엄청 비싼 거잖아요.

　　　　세상에! 저건 과연 얼마나 할까?

　　　　하고 싶은 거 다 하고 꿈꾸는 삶을 마음껏 누리며 살 수 있겠죠?

　　　　부러워요! 정말 부러워!

　　　　남자친구분이 신사분이신가 봐요.

여자 2 고마워.

　　　　결혼식 때 꼭 놀러 와.

남　자 결혼하는 건 확실한 거야?

날짜도 아직 안 잡았다며?

여자 2 왜 그러는데?!

남 자 이거 다이아가 아닌데.

여자 2 뭐?

남 자 이거 다이아몬드 아니야.

여자 1 다이아몬드가 아니라고요? 진짜요?

여자 2 무슨 소리야?

남 자 다이아몬드가 아니라고.

여자 2 이거 다이아몬드야!

남 자 아니야.

여자 2 뭐라는 거야?

그럼 이게 뭔데?

남 자 큐빅.

여자 1 큐빅이요?

여자 2 아니야!

남자친구가 분명 다이아몬드라고 했다고!

남 자 큐빅이야.

자세히 보면 달라.

여자 2 니가 뭘 안다고…….

니가 무슨 보석 전문가야?

여자 3 나름 전문가 아니야?

쥬얼리 공장으로 이직한다고 지금 보석 공부하잖아.

여자 2   말도 안 돼.

            (사이)

            어설프게 몇 개 배웠다고 어디서 아는 척이야!

            남자친구가 분명 다이아라고 했단 말이야!

남　자   미안해.

            그런데 큐빅이야.

여자 1   다이아몬드가 아닌 거예요?

            고개를 끄덕이는 남자

            여자 2, 내밀었던 손을 슬며시 뺀다.

여자 1   전 잘 모르겠어요.

            진짜 다이아일 수도 있잖아요.

남　자   겉으로 보면 둘 다 똑같아 보이는데

            자세히 보면 달라.

            투명한 정도나 깎인 면이 다르거든.

여자 1   그래도 이렇게 반짝거리는데…….

남　자   그러니까 더욱더 다이아몬드가 아닌 거지.

            원래 큐빅이 더 반짝반짝 빛나고

            정작 다이아몬드는 생각보다 어두워서 큐빅보다 광택이 덜해.

여자 1   다이아몬드처럼 보이는데…….

남 자   다이아몬드처럼 보이니까 다이아몬드가 아닌 거지.

여자 2   어제 난 진짜 스테끼에 진짜 멋있는 데이트를 했어!

여자 3   (남자를 손가락으로 가리키며)

          이 녀석 요즘 보석 공부하고 있다니까.

          여기 이 봉제 일은 장래성이 없다고 생각을 해서.

여자 2   (여자 3의 말을 끊으며) 아니야!

          이거 다이아! 다이아몬드라고!

          (사이)

          (여자 3을 쳐다보며) 너도 똑같이 생각하는 거야?

          너도 이게 큐빅인 것 같아?

여자 3   정신 차려.

여자 2   뭐?!

여자 3   남자친구가 은행원이라며.

여자 2   그런데?

여자 3   은행원이 무슨 돈이 있어서 다이아 반지를 사냐?

여자 2   그럼 나한테 거짓말을 했다는 거야?

여자 1   거짓말? 남자친구가 사기꾼인 거예요?!

여자 3   (여자 1을 한 번 쳐다보며 눈치를 주고) 청혼은 하고 싶은데

          돈은 없고 그래도 사내라고 다이아라고 말한 것 같은데.

남 자   너무 마음에 두지 마.

          남자들 원래 그래.

여자 3   어쨌든 그래도 결혼하는 건 맞잖아?

         결혼할 거잖아?!

         그 남자랑 결혼하고 싶은 거 아니야?

남 자   반쥴도 갔다며.

여자 1   스테끼 먹었잖아요! 스테끼!

남 자   남자친구가 노력 많이 했네.

         스테끼 먹은 것도 부담 꽤 됐겠는데.

여자 3   그래, 좋게 생각해.

         그 반지가 다이아몬드는 아니지만

         남자친구가 널 좋아하는 건 사실이고

         너도 그 남자 사랑하잖아.

남 자   (고개를 끄덕이며) 서로 사랑하는 마음이 변하지 않는 거.

         그것 하나만 확실하면 되지 뭐.

여자 2   그래?

         (사이)

         지금 나한테 확실한 건

         남자친구가 거짓말을 했다는 거야.

여자 3   다이아몬드를 원해?

         다이아몬드가 반짝반짝 이쁘기는 하지.

         하지만 다이아몬드는 스스로 빛나지 않아.

         너 스스로가 빛나면 큐빅도 다이아몬드가 될 거야.

         (사이)

반짝반짝 빛나는 다이아몬드도 결국은 그냥 한낱 땅속의
돌멩이.
그래서 우리 모두는 보석보다는 태양이 되어야 해.
스스로 빛나는 주체적인 존재가 되려고 노력해야 한다고.

여자 2   (상기된 표정으로) 잘난 척하지 마!
나는 새벽에 나와 일하고 밤늦게 집에 가.
태양은 고사하고 별똥별 하나 제대로 보기 힘든데
겨우 힘들게 얻은 희망을 그렇게 밟아 버리지 않았으면 좋겠어.

손가락에서 반지를 빼는 여자 2

여자 2   (반지를 주머니에 넣고) 다들 손가락이나 잘려라!

무대에서 퇴장하는 여자 2
천장 위 시계가 '댕—댕—' 하고 울린다.

남 자   빨리 일어나 하자.
우리가 머뭇거리는 사이에도 시간은 계속 흐르고 있다고.

더 이상 시간을 낭비해서는 안 돼.

각자 자기 작업대 뒤로 가 서는 여자 1과 여자 3
여자 1이 재봉틀을 돌려 작업을 시작하는 와중에
남자는 여자 3에게 다가간다.

남　자　말이 좀 심했어.
　　　　꼭 그렇게까지 얘기를 했어야 했어?
　　　　남자친구에게 청혼 받은 거라고 좋아서 들떠 있는데.
여자 3　웃겨!
　　　　큐빅이라고 먼저 산통 깬 게 누군데!
남　자　질투해? 부러운 거야?
여자 3　혹시 다이아몬드이었을까 봐?
　　　　나는 뭐 쟤처럼 사내의 사랑에 목을 매거나
　　　　분수에 맞지 않는 다이아몬드를 바라지 않아.
　　　　허황된 꿈을 꾸지 않는다고!

무대로 다시 들어오는 여자 2
다들 여자 2를 쳐다본다.

말없이 자기 작업대 뒤에 서서 재봉틀을 돌리며 작업을 시작하는 여자 2

남　자　(다시 여자 3을 보며) 근데 오늘은 왜 또 늦은 거야?

　　　　너 또 그 사람 만나고 오는 거야?

　　　　이름이 뭐더라…….

　　　　김태일? 이태일?

여자 3　전태일.

남　자　맞다. 전태일.

　　　　(사이)

　　　　너 그 빨갱이 짓 계속할 거야?

여자 3　나 빨갱이 아니야.

남　자　전태일 그 친구가 빨갱이 아냐?

　　　　근로기준법이니 뭐니 떠들어대면서

　　　　괜히 여기 청계천 들쑤시고 있잖아.

여자 3　형!

　　　　형은 여기 노동자 아니야?

남　자　난 하루하루 열심히 사는 사람이야.

　　　　미래를 계획하면서.

여자 3　그러니까!

　　　　여기 청계천 봉제 공장 사장들이 형처럼 열심히 일하는

　　　　노동자들을 착취하고 있잖아!

남 자   아니지.

우리 같은 노동자들에게 일자리를 주고 있는 거지.

여자 3   형!

우리는 노예가 아니야!

남 자   그래! 노예 아니지!

우리 돈 받잖아.

여자 3   그러면 휴일은? 휴가는?

퇴근시간이 제때 지켜진 적은 있어?

나는 아주 기본적인 걸 이야기하고 있는 거야.

근로기준법.

우리가 당연히 누려야 하는 권리라고.

남 자   네가 무슨 말을 하는지 알아. 다 아는데…….

근로자의 기본적인 권리도 일단 일자리가 있어야 말할 수 있는 거야.

세상에 착하기만 한 사람이 어디 있고 완벽한 조직이 어디 있겠니?

나도 회사에 불만 많고 사장 별로 안 좋아해.

하지만 나한테 일자리를 줬잖아.

여자 3   회사가 우리 때문에 돌아가는 거지 우리가 회사 때문에 사는 게

아니야.

남 자   기다려. 기다리면 돼.

곧 좋아질 거야.

여자 3   기다리라고?

무조건?

언제 좋아질 줄 알고?

그사이에 내 손가락이 하나 잘리고

옆에 서 있던 동료들이 하나 둘 사라지면 어떡하라고?

여자 2　(주머니에서 반지를 다시 꺼내 멍하게 쳐다보며) 큐빅? 큐빅이라고?

남　자　내가 쥬얼리 공부하면서 배운 게 하나 뭔지 알아?

세상 모든 귀중한 건 시간이 만든다!

보석 하나가 만들어지려면 땅속에서 얼마나 오랜 시간 동안 있어야

하는지 알아?

(작업대 위 곰 인형을 만지며) 이 작은 인형 하나도 시간이

필요하잖아.

여자 3　여기 쌓여 있는 곰 인형들을 언제까지 다 해야 하는지 알아?

오늘 다 해야 해! 오늘 다!

오늘 다 못 하면 퇴근도 못 해.

나는 내 인생을 땅속에 묻어 놓고 기다릴 수가 없어.

시간이 지금도 쫓아오고 있다고. 나는 도망치고 있고.

내가 땅속에 묻힐 것 같아. 여기 있는 모두가 지금 그렇다고!

여자 1　(자신이 작업 중인 곰 인형을 들어 보이며) 팔 붙였다!

어때? 팔 생기니까 좋아?

(곰 인형을 한 번 안아 본 후) 이제 가슴을 달아 줄게.

여자 3　형도 다이아몬드를 원하는 거야?

형도 다이아몬드가 가지고 싶어?

그래서 쥬얼리 세공을 배우는 거야?

남　자　사람은 항상 미래를 대비해야 해.

지금 봐. 우리나라도 매년 발전하고 사람들 씀씀이도 점점 커지고 있잖아.

앞으로는 다들 금붙이 하나씩은 다 가지게 될 거야.

여자 2　(반지를 손가락에 끼고 쳐다보며) 다이아몬드가 아니라고?

남　자　노력을 해야 해. 항상 생각을 해야 한다고.

앞으로 세상이 어떻게 변할지.

나도 다이아몬드를 손에 끼거나 목에 걸려면

앞으로 어떻게 해야 하는지. 뭘 해야 하는지.

여자 3　다이아몬드를 손에 끼고 목에 건다고?

그러니까 결론은 형도 다이아몬드를 원한다는 거구나?

(사이)

다들 금붙이 하나씩 가지게 된다?

허황된 꿈을 가진 사람이 여기 하나 또 있네.

여자 2　그 사람은 나를 진실로 사랑하지 않는 건가?

(사이)

왜 거짓말을 한 거지?

이제 더 이상 내가 필요하지 않은 건가?

남　자　(시계를 가리키며) 넌 저 시계를 보면 뭐가 떠오르냐?

여자 3　형은 뭐가 떠오르는데?

남　자　(시계를 보며) 시간. 그리고 금.

시간은 금이야.

시간이 어느 정도 지나야 비로소 금이 되는 거야.

그러니까 기다려.

조금만 참으라고.

금이나 다이아몬드가 얼마나 오랜 시간 동안 땅속에 묻혀

있는지 알아?

여자 3   난 아버지.

남 자   아버지?

여자 3   며칠 전에 주무시는 아버지의 뒷모습을 봤는데…….

나한테는 시간이 없어.

아버지 등이 하루하루 점점 더 무너지고 있다고.

땅속에 묻히기도 싫고 그럴 여유도 없어.

남 자   그래서…… 이 세상을 뒤집어 보겠다는 거야?

일어서서 혁명이라도 하게?

여자 3   그러는 형은 가만히 앉아서 진화라도 되기를 그저 기다리겠다는

거야?

(사이)

시간이 지나면 금이나 다이아몬드는 점점 커지겠지만

나나 우리 아버지는 죽어.

여자 2   (작업 중인 곰 인형을 바라보며) 나도…… 결국은 그런 건가?

여자 1   (또 하나 완성된 곰 인형을 흐뭇하게 바라보며) 또 붙였다!

너도 팔다리가 다 있으니까 좋지?

이제 가슴을 달아 줄게.

앞으로 사랑이 뭔지 알게 될 거야.

남 자 인생은 마술이 아니야.

한 번에 모든 걸 바꿀 수는 없다고.

여자 2 나도 그냥 장난감에 불과한 걸까?

남 자 허황된 꿈을 꾸는 건 내가 아니라 너인 것 같다.

여자 1 또 하나 완성!

(또 완성한 곰 인형을 쳐다보며) 어때? 다리 생기니까 좋아?

도망가면 안 돼!

(옆에 다른 미완성 곰 인형을 집으며)

이제 네 차례다.

언니가 예쁘게 어른으로 만들어줄게.

갑자기 비명을 지르는 여자 2

전체 조명이 붉게 변한다.

바닥에 쓰러지는 여자 2

모두 놀라 여자 2에게 달려간다.

붉은 조명 아래서

바닥에 엎드린 채 고통을 호소하는 여자 2

여자 3   왜 그래? 무슨 일이야?!

여자 1   언니! 괜찮아요?

여자 2   손가락! 내 손가락!

내 다이아!

고통에 몸부림치는 여자 2

여자 2   어디 있어?!

내 다이아 어디 있어?!

남 자   잘린 손가락!

바닥에 잘린 손가락을 찾아!

여자 2의 잘린 손가락을 찾기 위해 무대 이곳저곳을
뒤지는 여자 1과 여자 3
남자는 여자 2를 부축한 채 지혈한다.

여자 1   언니!

여자 3   찾았어?

여자 1   여기요!

             여자 2의 반지를 집어 들어 보이는 여자 1

여자 3   그건 반지잖아!

             손가락을 찾으라고! 손가락!

             반지를 말없이 쳐다보는 여자 1

             '댕―댕―' 하며 시계가 울린다.

             조명이 전체적으로 어두워지며

             흥겨운 음악이 나오기 시작한다.

             마술사가 마술 쇼할 때 나오는 음악 (E)

             모든 핀 조명들이 화려한 색을 뽐내며 켜진다.

여자 1   (관객들을 보며) 신사 숙녀 여러분!

             오래 기다리셨습니다!

             지금부터 환상의 연금 마술쇼를 보여드리도록 하겠습니다!

             형형색색의 핀 조명이 무대를 비추는 가운데

여자 2는 여전히 고통에 몸부림치고 있고

여자 3은 손가락을 찾아 헤매고 있다.

관객들 바로 앞까지 다가가는 여자 1

남자는 여자 2를 들쳐업으려 시도한다.

여자 1   (관객 중 한 명과 눈을 마주치며) 안녕하세요. 공연 보러 오셨나요?

오늘 쉬시는 날이세요?

부럽네요. 쉬는 날 이렇게 여유 있게 연극 공연도 보러 오시고.

저도 쉬고 싶네요. 쉬고 싶어요.

재미있게 보시다가 가세요.

(다른 관객을 보며) 안녕하세요. 옆에 애인인가요?

부럽습니다. 진짜 부럽네요.

사랑하세요?

사랑하시는 거죠?

(사이)

저도 빨리 사랑이라는 걸 해보고 싶네요.

빨리 어른이 되고 싶어요.

다들 참고 기다리면 어른이 된다지만 어디 참을 수가 있어야죠.

남자가 여자 2를 들쳐업고 서둘러 무대 밖으로 퇴장한다.

여자 3도 따라서 무대 밖으로 퇴장한다.

흥겨운 음악이 서서히 잦아든다.

여자 1   (손에 든 반지를 높이 들어 보이며)

        자! 여러분 여기 큐빅 반지 하나가 있습니다.

        저는 더 이상 도저히 못 참겠습니다!

        무릇 귀중한 것에는 시간과 인내가 필요하다고 하지만

        저는 당장 하고 싶은 것도 많고 해야 할 것도 많습니다.

        무작정 기다릴 수만은 없습니다!

        이제 이 큐빅을 다이아몬드로 바꿔 보겠습니다.

무대 뒤편 싱크대로 가는 여자 1

싱크대 덮개를 열고 관객들을 쳐다본다.

여자 1   자! 이제 이 반지를 여기에 잠깐 집어넣도록 하겠습니다.

        다들 놀라지 마십시오!

        '펑!' 하는 소리와 함께

        이 큐빅은 다이아몬드로

        저 작업대 위에 인형들은 모두 팔다리가 붙어 여러분에게 달려가 안길 것입니다.

그러면 연금 마술을 시작하도록 하겠습니다.

화려한 조명 아래

긴장감을 돋우는 북 치는 소리가 음향 효과로 나온다. (E)

싱크대 안에 반지를 넣는 여자 1

'펑' 하는 소리와 함께 싱크대 안에서 연기가 피어 나온다.

순간 음향과 조명이 모두 꺼진다.

짧은 정적이 흐른다.

시계가 '댕—댕—' 하고 울리고

여자 1 작업대 위 핀 조명만이 켜진다.

작업대 위 누워 있는 곰 인형들의 모습

들뜬 표정으로 반지를 들고 작업대 위 곰 인형들에게 다가가는 여자 1

반지를 곰 인형에게 끼워 주려고 하는 여자 1

여자 1　뭐야?

너는 손가락이 없잖아.

(사이)

무슨 짓을 해도……

아무리 노력해도……

다이아 반지는 못 끼는 거야?

무대 뒤편에서 여자 2의 비명소리가 들리고

조명이 서서히 다시 꺼진다.

여자 1   조금만 참아.

내가 너한테 다시 마법을 걸게.

기다려 봐.

곰 인형에게 기합을 넣는 여자 1

모든 소리와 빛이 사라지고 암전

—제 2막—

2020년 청계천 쥬얼리 공장 —

밝아지면

작업대 위의 곰 인형들은 다 치워져 있고

대신 큐빅들이 상자에 한가득 들어 있다.

재봉틀은 보석 세공기로 다 바뀌어 있다.

무대 뒤편 싱크대 위에는 말통이 여러 개 놓여 있다.

말통에는 각각 뜯어지기 직전의 낡은 라벨지가 붙어 있고

라벨지에는 '염산', '청산가리', '취급 주의' 등의 글씨가 쓰여 있다.

여자 1과 여자 3이 작업대 위에 누워 있다.

여자 1   (누워 있는 상태로) 아무도 안 오네요.

여자 3   (역시 누워 있는 상태로) 그러게…… 한 명도 안 오네.

여자 1   다들 모르는 거 아닐까요?

여자 3   아니야.

다 알아.

알기는 다 알아.

여자 1   그런데 왜 아무도 안 오죠?

여자 3   겁먹어서 그래.

여자 1   사장님이 그렇게 무서워요?

여자 3   사장이 무섭다기보다는

삶이 무서운 거지.

자기들 인생 말이야.

다들 자기 인생을 자기 마음껏 주체적으로 살아야 하는데

어느 순간부터 끌려 다니기 시작하거든.

여자 1   저도 그렇게 될까요?

여자 3   그렇게 될 거야.

여기서 일하면 다들 그렇게 돼.

여자 1   ('콜록—콜록—' 기침을 하며) 언제까지 여기서 이러고 있어야 해요?

여자 3   괜찮아?

여자 1   배고파요.

여자 3   기다려 봐.

여자 1   기다리라고요?

선배님도 사장님하고 똑같이 말하네요.

여자 3   나이 탓이지 뭐.

나도 모르게 기다리는 것을 제일 잘하게 되어 버렸어.

기다리는 것만큼 제일 많이 해보고 익숙한 것도 없고.

여자 1   사장님은 그런데 왜 안 기다려 줘요?

여자 3   왜? 사장이랑 무슨 일 있었어?

누워 있다가 상체를 일으켜 앉는 여자 1

여자 1   (천장 위 시계를 가리키며) 제가 분명히 저 시계를 보고 퇴근할 때

          카드를 찍었거든요.

          그런데 왜 마음대로 조퇴했냐고 엄청 뭐라고 하는 거 있죠!

          난 분명히 저 시계 보고 7시 딱 돼서 카드 찍었다고요.

          그런데 왜 사람 말을 안 믿는 건지…….

여자 3   (역시 상체를 일으켜 앉으며) 내가 비밀 하나 알려줄까?

여자 1   비밀이요?

          뭔데요?

여자 3   저 시계 2분 빨라.

여자 1   네?!

여자 3   넌 7시에 카드를 찍은 게 아니라 6시 58분에 카드를 찍은 거야.

          그러니까 당연히 무단 조퇴한 거지.

여자 1   그럼 시계를 고쳐서 시간을 바로잡아야죠!

여자 3   그러니까!

          그것도 우리보고 하라는 거지!

우리가 하고 싶어도 할 수 없는데 말이야.

나도 그렇고 여기 있는 사람들 중 그 누구도

시계를 만질 수 없거든.

(사이)

사장이 어떤 사람인지 이제 알겠지?

여자 1 (다시 한번 기침을 하며) 목이 간질간질해요.

여자 3 환기가 안 돼서 그래.

환풍기도 빨리 달아 달라고 해야지.

여자 1 진짜 그동안 환풍기가 한 번도 없었던 거예요?

여자 3 응.

여자 1 한 대도요?

여자 3 응.

여자 1 몇십 년 동안요?

여자 3 응.

여자 1 도대체 왜요?

여자 3 모르지.

(한숨을 쉬고는) 세상에는 말이야.

시간이 지난다고 다 해결되거나 나아지지 않는 것도 있어.

그래서 우리는 혁명을 해야 돼.

침팬지는 가만히 있으면 진화를 해서 사람이 되지만

우리 인간은 퇴보할 뿐이거든.

아무것도 안 하고 가만히 있으면 그냥 썩어서 묻히는 것뿐이야.

여자 1	입에서 자꾸 뭐가 나오는 것 같아요.
여자 3	피가 나오거나 그런 적은 없지?
여자 1	네?!
	피를 토하기도 해요?
여자 3	만약 각혈하면 꼭 얘기해. 알았지?
여자 1	네…….

작업대 위 보석 세공기를 만지작거리는 여자 1

여자 1	배고파요.
여자 3	잠깐만.
	더 기다려 보고.
	한 명쯤은 가입하러 올 것도 같은데.

작업대에서 내려와 서는 여자 1

다시 '콜록―콜록―' 기침을 한다.

여자 3	(작업대에서 내려와 여자 1 앞에 서며) 괜찮아?

여자 1 선배님.

여자 3 왜?

여자 1 제가 마술 하나 보여드릴까요?

여자 3 마술?

좋아!

어떤 건데?

여자 1 (두 손을 펴 보이며) 자, 보세요.

여기 두 손에 다 아무것도 없죠.

여자 3 (고개를 끄덕인다.)

여자 1 아무것도 없습니다.

억지로 기침을 하는 여자 1

입에서 무언가를 꺼낸다.

반지다.

여자 1 (반지를 보이며) 짜잔! 어때요?

신기하죠?

여자 3 뭐야?!

너!

여기 있는 큐빅 삼킨 거야?

여자 1   아니에요.

눈속임이에요.

미리 하나 숨겨 놓고 재빨리 입으로 뱉어 내는 척하는 거예요.

여자 3   깜짝 놀랐잖아!

(사이)

마술을 해?

재주도 많다!

보석을 토해 내네!

(반지를 보며) 그런데 이거 뭐야?

우리가 만드는 반지는 아닌 것 같은데…….

여자 1   제가 만드는 거예요.

여자 3   니가?

따로?

개인 작업이야?

여자 1   네.

취미 겸 작품으로 만드는 거예요.

아! 그래서 그런데

어차피 파업 중이라 아무도 쓰지도 않는데

(보석 세공기를 만지작거리며) 여기 기계 좀 써도 될까요?

여자 3   세공하려고?

이 반지?

그래 뭐…… 상관없지.

(사이)

남자친구?

여자 1 아니에요.

그냥 저 혼자 만드는 거라니까요.

여자 3 다시 보여줘 봐.

더 가까이 다가가 여자1의 반지를 보는 여자 3

여자 3 혼자 공예품 만드는 거 좋아하는구나.

보기보다 부지런하네.

쉬는 날도 없이 맨날 야근하면서 이런 건 또 언제 만들었대?

나는 집에 가면 그냥 쓰러져 자기 바쁜데.

여자 1 선배님도 지금 이 노조 활동 하시잖아요.

여자 3 이건 먹고사는 문제니까.

너처럼 개인적인 취미로 하는 게 아니잖아.

(사이)

부럽다! 나도 취미 생활 하고 싶다!

내 소원이 뭔지 알아?

여자 1 사람들이 노조 가입을 많이 하는 거요?

여자 3 아니야.

여자 1	그럼 뭔데요?
여자 3	듣고 비웃으면 안 돼!
여자 1	네?
	무슨 말씀이세요?
	제가 왜 비웃어요?
여자 3	내 소원은 사실 뭐냐면……
	비웃으면 안 돼. 진짜!
여자 1	안 비웃어요.
여자 3	그냥 한 시간만이라도 좋으니까
	아무 생각 없이 커피숍에서 여유롭게 커피 마시는 거야.
	아이스 아메리카노 한 잔!
	공감이 돼?
여자 1	(고개를 끄덕이며) 저는 나중에 작은 공방을 하나 차리고 싶어요.
	제가 만들고 싶은 작품을 만들면서
	가끔 전시회도 열고…….
	그게 제 꿈이에요.
여자 3	꿈이라…….
	너무 허황된 것만 아니면 되지 뭐…….
	나중에 공방 열면 나 초대해 줘. 놀러 갈게.
	(사이)
	그래서 지금 세공하려고?
여자 1	다른 것도 하려고요.

여자 3   다른 거? 어떤 거?

무슨 작업하려고?

여자 1   (무대 뒤편 싱크대를 가리키며) 저거요.

여자 3   주물?

세척?

(사이)

괜찮겠어?

여자 1   (다시 기침을 하며) 괜찮아요.

여자 3   배고프다면서 아까부터 계속 뭘 뱉어 내잖아.

여자 1   배고프지도 않고 아프지도 않아요.

제가 하고 싶은 걸 할 수 있으니까요.

여자 3   마술은 끝난 거지?

여자 1   마술하는 거 아니에요.

여자 3   세척하는 걸 꼭 지금 해야겠어?

염산 만져야 하는데.

여자 1   전 지금 정말 해야 해요.

여자 3   그럼 옷이라도 갈아입고 해.

사장이 염산 만질 때 입으라고 긴 소매 옷 줬잖아.

여자 1   안 주셨는데요······.

여자 3   옷 안 줬어?

긴 소매 옷!

여자 1   안 받았어요.

여자 3   옷 안 줬단 말이야?!

         염산 작업하면 화상 입으니까 긴 소매 옷 준비해서 달라고 그렇게

         이야기를 했는데!

여자 1   (고개를 가로젓는다.)

여자 3   나쁜 새끼!

         올해 새로 들어오는 신입부터 준다고 말해 놓고…….

         교섭하러 만났을 때 할 이야기가 하나 더 추가됐어!

여자 1   그냥 할게요.

여자 3   마술하는 시간은 끝났어.

         지금은 진짜야.

         진짜로 입에서 뭐가 나오면 어떡하려고 그래?

여자 1   억지로 시켜서 만드는 게 아니라

         제가 하고 싶어서 하는 거예요.

         (사이)

         이 반지는 제대로 해보고 싶어서

         사실 회사 기계를 좀 썼으면 했거든요.

         지금 이때 아니면 언제 회사 기계로 제 개인 작품을 만들겠어요?

여자 3   (말없이 한참 쳐다보다가) 지금 이때 아니면 건강 못 챙긴다.

여자 1   안 아파요.

여자 3   병원 가봤어?

여자 1   병원이요?

         아픈 데가 없는데 굳이 뭘…….

여자 3   (한숨을 쉬고는) 이번 달 생리했어?

여자 1   …….

여자 3   지난달은?

여자 1   …….

여자 3   얼마나 됐어?

여자 1   석 달이요.

여자 3   그런데 여태 병원을 안 갔어?

여자 1   계속 야근했잖아요.

여자 3   (반지를 가리키며) 그거 할 시간은 있고?

여자 1   이건……

          저 이것 때문에 그나마 버티고 있는 거예요.

여자 3   버틴다고?

          (사이)

          그동안 많이 힘들었어?

여자 1   그냥…….

          학교에서 배운 거랑 너무 다르니까요.

          근무시간도 그렇고 작업환경도 그렇고…….

여자 3   (다시 한숨을 쉬고)

          그래서 지금 이렇게 파업을 하고 노조 활동을 하는 거야.

여자 1   돈도 너무 적고요.

          사실 파업 때문에 이번 달 월세 어떻게 해야 하나 걱정이에요.

여자 3   (고개를 끄덕이며) 넌 지금 이 파업하는 게 마음에 좀 안 들겠다?

여자 1   아, 아니요.

          그런 뜻으로 한 말은 아니에요.

여자 3   여기 온 지 얼마 안 됐는데 이렇게 돼서 괜히 미안하네.

          니 월급만큼은 어떻게든 책임질 테니까 걱정하지 마.

여자 1   감사합니다.

여자 3   나야말로 고맙지.

          혼자 있으면 무서운데 옆에 이렇게 있어 주니까.

          사장이란 놈이 양아치여서 무슨 짓을 할지 모르거든.

          (갑자기 기침을 하면서)

          사내놈들은 하나같이 다 의리 없고

          우리같이 안 달려 있는 년들끼리 하나로 뭉쳐야지.

          (기침을 계속하며)

          애초에 우린 가진 것도 없고 잃을 것도 없으니까. 그렇지?

          말 끝나기가 무섭게 기침을 세게 하는 여자 3

여자 1   괜찮으세요?

여자 3   (손사래를 치며) 괜찮아.

여자 1   선배님은 병원 가보셨어요?

여자 3   아니.

실은 나도 병원 안 가.

여자 1   선배님도 건강 챙기셔야죠.

여자 3   전에는 매달 갔어.

그런데 이제는 안 가.

여자 1   왜요?

여자 3   (빙그레 웃으며) 안 가도 되니까.

(사이)

가서 하려던 거나 해.

싱크대로 다가가는 여자 1

말통을 이것저것 만져 본다.

여자 3   염산이랑 청산가리 잘 다룰 수 있지?

여자 1   네.

여자 3   세공학과 나왔다고?

여자 1   네.

여자 3   학교 어디?

폴리텍?

여자 1   네.

여자 3   그런데 이거 쥬얼리 왜 배운 거야?

여자 1 이쁘잖아요.

쥬얼리!

여자 3 이쁘다고?

(고개를 끄덕이며) 이쁘지.

하지만 일은 전혀 안 이쁠 텐데.

일에 만족감을 느껴?

여자 1 (싱크대 안에 반지를 넣는다.) …….

여자 3 학교에서 배운 거랑 다르지?

여자 1 네.

여자 3 거기 교수라는 사람들도 실제로는 이렇다고 아무도 말 안 해주지?

여자 1 네에…….

여자 3 도망가면 안 돼.

여자 1 …….

여자 3 어? 대답 안 하네.

도망가면 안 돼!

(사이)

조금만 참아.

노조가 생겼으니까 이제 회사 마음대로 하지 못할 거야.

야근 수당도 받고 퇴직금도 받고

노동절에 당당히 눈치 안 보고 쉴 수도 있고.

(사이)

너는 노조 가입 안 할 거야?

여자 1   네…….

여자 3   왜?

        노조 가입해야지.

여자 1   아직 잘 모르겠어요.

        어쨌든 가만히 있는 것 말고는 할 수 있는 게 없잖아요.

        가입을 하든 안하든.

여자 3   지금 우리한테 제일 중요한 건 연대야. 연대.

여자 1   연대요?

여자 3   왜?

여자 1   저한테는 아직 낯선 단어라서요.

여자 3   낯설다…….

        지금 나한테 낯선 단어는 '휴식'과 '꿈'이야.

여자 1   선배님은 원래 꿈이 뭐였는데요?

여자 3   꿈?

여자 1   선배님이 하고 싶으셨던 거요.

여자 3   기억이 안 나는데.

        (사이)

        내가 뭘 하고 싶어 했더라…….

        뭐 재미난 생각도 하고 그랬던 것 같은데.

여자 1   선배님도 제 나이 때 쥬얼리 일 시작하신 거예요?

여자 3   나는 봉제 일부터 했었어.

여자 1   봉제 일이요?

여자 3	전태일 열사 알아?
여자 1	유명한 사람인가요?
여자 3	몰라?
	학교에서 안 배우니?
	따지면 그렇게 오래된 것도 아닌데.

이때, 무대 위로 여자 2가 들어온다.

한 손에 붕대를 한 채 무표정하게 터벅터벅 자기 작업대 앞으로 걸어간다.

여자 3	세상에!
	이게 누구야!

여자 2에게 다가가는 여자 3

여자 3	잘 지냈어?
	이게 얼마만이야?
여자 2	(물끄러미 여자3을 보더니) 안녕. 오랜만이야.
여자 3	(반기며) 잘 지낸 거야?

그동안 어떻게 지냈어?

여자 2   그냥…… 잘 있었어.

여자 3   잘 왔어. 반가워.

          진짜 반가워.

여자 2   (억지로 미소를 지으며) 고마워.

여자 3   그런데 여기는 무슨 일이야?

여자 2   무슨 일은?

          일하러 왔지.

여자 3   일?

          우리 지금 파업 중이야.

여자 2   …….

상자 안의 큐빅을 하나 꺼내 보석 세공기 위에 올리고는

작업을 시작하는 여자 2

여자 3   괜찮아?

여자 2   응?

          뭐가?

여자 3   괜찮냐고?

여자 2   (귀찮다는 미소를 지으며) 그러니까 뭐가?

여자 3 　(붕대 감은 손을 가리키며) 괜찮은 거야?

여자 2 　괜찮아.

여자 3 　별일 없고?

여자 2 　(고개를 끄덕이며) …….

여자 3 　좀 더 쉬어야 하는 거 아니야?

여자 2 　나 일해야 돼.

　　　　미안한데 나 일 좀 하게 방해하지 말아 줄래?

여자 3 　우리 파업 중이라니까.

여자 2 　내가 사장한테 들은 거하고는 다른데.

여자 3 　뭐?!

　　　　(다시 기침을 심하게 하고는)

　　　　사장이 뭐라고 했는데?

여자 2 　너야말로 괜찮니?

　　　　남 걱정하기 전에 니 걱정부터 해야겠다.

이때, 헛기침을 하며 무대 위로 들어오는 남자

1막에서와는 달리 말끔하게 차려입은 양복 차림이다.

남자가 등장하자 바로 90도로 인사하는 여자 1

여자 3은 짝다리를 하고 팔짱을 낀 채 남자를 쳐다본다.

남 자 (헛기침을 하고 나서) 뭐 잘 돼?

여자 3 네. 잘 돼요.

남 자 사람들 많이 왔어?

여자 3 네.

반응이 폭발적이네요.

남 자 그래?

(사이)

언제까지 이러고 있을 거야?

여자 3 우리 요구 언제 들어줄 거예요?

남 자 밥값?

5,500원에서 1,500원 올려 달라고 하는 거?

여자 3 사람이 사는 데 가장 기본적인 거예요.

먹는 거.

(여자 1을 가리키며) 쟤도 아까부터 배고프대요.

민망한 미소를 지으며 남자에게 다시 목례를 하는 여자 1

남 자 그동안 5,500원으로도 문제없었잖아?

여자 3 밖에 나가 봐요!

종로에서 5,500원으로 사 먹을 게 있나!

남 자	그럼 도시락 싸서 여기서 먹어!
	외식하면 당연히 비싸지.
여자 3	더 이상 여기서 점심 먹고 싶지 않아요.
	여기는 우리가 보석 세공하고 세척하며 일하는 곳이에요.
	먼지 날리고 냄새나고
	(싱크대 쪽을 가리키며)
	저렇게 염산이랑 청산가리가 널려 있는데
	이런 곳에서 밥을 먹으라고요?
남 자	그동안은 잘 먹었잖아.
여자 3	더 이상은 안 돼요.
남 자	왜?
여자 3	그건
	(기침을 심하게 하고는) 그건 말이죠.

물끄러미 여자 3을 쳐다보는 여자 2

말없이 서로 쳐다보는 여자 2와 여자 3

싱크대에 청산가리를 부으려 하는 여자 1

여자 3	여기서 밥을 먹으면 청산가리를 먹는 것 같아.
	살려고 먹는데 먹을수록 죽어가는 것 같다고.

남　자　그래서 갑자기 노조 만든다고 하고 파업하면서
　　　　한꺼번에 바꾸겠다는 거야?
　　　　인생은 마술이 아니야.

이때, 싱크대에서 '펑—' 하는 소리와 함께 연기가 난다.

남　자　(싱크대에 서 있는 여자 1을 보며) 너 지금 뭐 하는 거야?
여자 1　(남자의 눈치를 보며 어쩔 줄 몰라 하며) 죄, 죄송합니다.
여자 3　(여자 2 쪽을 가리키며) 쟤는 지금 저기서 뭐 하는 건데?

여자 1에게 다가가는 남자

남　자　일하는 거야?
　　　　파업 중이라며?
　　　　다시 복귀하는 거야?
여자 3　마술 하고 있어.
남　자　마술?
여자 1　보, 보여 드릴까요?

(두 손을 펴 보이며) 자, 보세요.

여기 두 손에 다 아무것도 없죠.

뒤로 살짝 물러나 팔짱을 낀 채 쳐다보는 남자

여자 1   아무것도 없습니다.

억지로 기침을 하는 여자 1

입에서 무언가를 꺼낸다.

반지다.

여자 1   (반지를 보이며) 짜잔! 어때요?

신기하죠?

남 자   뭐야?!

여기 있는 큐빅을 삼킨 거야?

이건 장난감이 아니야!

여자 1   아, 아니에요.

제 반지예요.

남　자　니 반지?

　　　　(사이)

　　　　뭐야?

　　　　회사에서 지금 개인 작업을 하고 있는 거야?

여자 3　내가 해도 된다고 했어!

여자 1　연습도 할 겸 해봤어요.

　　　　(싱크대를 만지며) 여기 오니까 다들 이걸 못 만지게 해서요.

남　자　쓸데없는 잔재주가 있네.

　　　　뭐 그래도 선배들보다는 낫네.

　　　　입에서 보석도 토해 낼 줄 알고.

　　　　(사이)

　　　　오늘만 특별히 봐주는 거야!

　　　　(싱크대를 가리키며) 한 번만 더 여기 오면 바로 다른 곳 알아봐!

　　　　여자는 여기 앞에 서면 안 돼.

여자 1　네?!

　　　　왜요?

남　자　여자가 할 일이 아니거든.

여자 1　저 잘해요.

　　　　학교에서도 많이 다뤄 봤어요.

남　자　여기는 학교가 아니야.

　　　　직장이라고. 직장.

　　　　이제 막 어른이 되어서 잘 모르는 것 같은데

너는 지금 현실 세계에 살고 있어.

마술 같은 가짜가 아니라고.

여자 3 더 끔찍하지.

여자 1 사장님! 저도 세척 작업 할 줄 알아요!

염산이나 청산가리도 잘 다룬다고요!

남 자 안 돼.

여자 1 단순히 여자라는 이유로요?

여자 3 다른 이유가 있지.

여자 1 네?

어떤 이유요?

여자 3 돈!

세척 작업을 하면 돈을 더 받거든.

지금 파업 중이니까 우리가 이렇게 있지만

원래는 여자는 여기 못 들어와.

여자한테 월급을 많이 주면 안 되거든.

지독한 악독 성차별주의 사장 같으니!

남 자 말조심해!

나도 딸 키우는 아빠야.

여자 3 내가 묻는 말에 대답이나 해.

(여자 2 쪽을 가리키며) 대체 지금 저기서 뭐 하고 있는 거냐고?

남 자 파업은 끝났어.

여자 3 뭐?!

남　자	파업은 이제 끝이야.
	그 말 하러 왔어.
여자 3	점심 식대는?
남　자	좋아. 줄게.
	대신 조건이 있어.
여자 3	뭔데?
남　자	노조 만든 거 없애.
여자 3	안 돼.
남　자	그럼 점심 식대 따위는 없어.
	그리고 내 회사에 더 이상 있을 수 없어.
여자 3	지금 협박하는 거야?
남　자	협상하는 거야.
여자 3	나는 우리의 당연한 권리를 이야기하는 것뿐이야.
남　자	그래?
	나한테는 무리한 요구처럼 들리는데.
여자 3	변했어.
남　자	뭐가?
여자 3	예전에는 너 이러지 않았는데.
남　자	위치가 바뀌었잖아.
	우리가 예전에 처음 만났을 때는 같은 동등한 직원이었지만
	지금은 서로 다르잖아.
	나는 어느덧 어엿한 사장님이 됐지만

누나는 아직 노동자잖아.

그것도 내 밑에서 일하는. 내가 주는 돈으로 먹고사는.

여자 3   니가 회사 차렸다고 도와달라고 해서 다니던 곳 그만두고

옮긴 거야.

너 맨 처음 일 배울 때 누구 덕에 공장에 들어왔는데!

내가 도와줬잖아!

남 자   확실한 건 지금은

누나가 내 밑이라는 거지.

여자 3   (순간 웃으며) 뭐? 밑?!

너 참 진짜 많이 변했다.

남 자   당연하지.

사람은 변해야 해.

지금이 무슨 70년대인 줄 알아?

누나가 무슨 전태일 열사냐고?

여자 3   시대가 변해도 사람 사이의 도리는 변하면 안 되지.

아니, 오히려 더 진보해야 하는 거 아니니?

나를 자르려면 잘라!

노동자를 70년대처럼 대하는데

나도 똑같이 70년대식으로 응답해 줘야지!

나를 자른다고?

노조를 왜 만드는데!

너 같은 놈들이 쉽게 노동자를 못 자르게 하려고

　　　　　　노조를 만드는 거야!

　　　　　　좋아! 한번 싸워 보자!

남　　자　(여자 1을 보고) 친구는 어떡할 거야?

여자 1　네?!

남　　자　너 온 지 얼마 안 됐잖아.

　　　　　　회사에 왔으면 일을 배워야 하는데

　　　　　　나쁜 것부터 먼저 배우게 됐네.

여자 2　(들고 있던 큐빅을 높이 들어 보이며)

　　　　　　지금 아름다운 인생을 살고 계신가요?

　　　　　　아니면 앞으로 아름다워지고 싶으신가요?

　　　　　　빛나는 인생! 아름다운 사람이 되세요!

　　　　　　아름다움은 당신의 것!

　　　　　　당신의 아름다움을 위해!

　　　　　　(사이)

　　　　　　다이아몬드!

여자 3　(약간 놀라며) 쟤 대체 뭐 하는 거야?

　　　　　　아무렇지 않게 다시 보석 세공기를 돌리며 작업을 하는 여자 2

여자 3　(여자 2를 가리키며) 더 쉬어야 해.

남 자	내가 말했잖아.
	파업은 끝났다고.
여자 3	말도 안 되는 소리 하지 마.
	우리는 계속 투쟁할 거야.
남 자	알아.
	(여자 2를 힐끗 쳐다보고) 그래서 오라고 한 거야.
	누나랑 노조 한다는 사람들 다 잘라 버리게.
여자 3	그렇다고 아직 아픈 사람을…….
남 자	나한테 오히려 고마워할걸?
	(여자 2를 가리키며) 돈이 필요하대.
	(사이)
	소식 들었어?
여자 3	소식?
	무슨 소식?
남 자	이혼했대.
여자 3	뭐?!
	언제?
남 자	얼마 안 됐대.
여자 3	왜?
남 자	모르지.
	아마 유산한 것 때문일걸?!
	(사이)

뭐 예상했던 일이긴 해.

프로포즈할 때 남자가 가짜 반지를 선물했거든.

다이아 반지라고 하고는 큐빅을 준 거 있지.

약속을 지키지 않는

약속을 지킬 수 없는 사람이었던 거지.

맨 처음부터.

여자 3   너나 약속 제대로 지켜!

유산한 거면 니가 책임져야 하잖아!

왜 유산했겠어?

남　자   나 때문이라는 거야?

(사이)

그래서 책임지잖아.

다시 불러서 일 시키고 월급 주려는 거야.

여자 3을 보고 코웃음을 치고는 여자 1 앞으로 다가가는 남자

남　자   (여자 1에게 손짓을 하며) 보여줘 봐!

여자 1   네?

남　자   니가 만들고 있는 거.

쭈뼛거리며 남자에게 반지를 건네는 여자 1

남　자　(반지를 받아 유심히 보며) 잘 만들었네.

　　　확실히 재주는 있네.

여자 1　감사합니다.

남　자　(반지를 다시 여자1에게 돌려주며) 하지만……

　　　이건 애들 장난밖에 안 돼.

여자 3　그냥 한 귀로 흘려.

남　자　너는 작품을 만들었다고 생각하겠지.

　　　하지만 이걸 팔 수가 있을까?

　　　아무리 정교하게 잘 만들어도 팔아서 돈을 벌 수 없다면

　　　최소한 여기서는 아무 의미가 없는 거야.

　　　(여자 3을 가리키며) 저 선배가 원래는 봉제공장에서 일한 거

　　　들었어?

여자 1　네.

남　자　나도 똑같아.

　　　나도 예전에는 봉제 공장에서 일했지.

　　　하루 종일 재봉틀을 돌리며 먼지를 먹어 가면서

　　　밤에는 작업대 위에 이불을 깔고 잤어.

여자 2　(일하다 문득 무언가 생각이 난 듯) 인형…… 곰 인형.

남　자　하지만 이 쥬얼리 공장으로 옮겼지.

왜 그런 줄 알아?

재봉틀 돌리는 건 더 이상 돈이 되지 않는다는 걸 알았거든.

그래서 지금 나는 어떻게 됐어?

이렇게 사장님이 됐잖아!

여자 3 말하고 싶은 게 도대체 뭐야?

남 자 어른이 되라는 거지.

그렇지 않으면 살아남을 수 없어.

(여자 1이 들고 있는 반지를 보며)

물건을 잘 만드는 것에서 잘 파는 것으로 사고를 바꿔야 해.

여자 3 어른이면 어른답게 행동해!

여자 2 우리 애한테 줄 곰 인형.

시계가 '댕—댕—' 울린다.

전체 조명이 살짝 어두워지고

여자 2 작업대 위 핀 조명이 점점 밝아진다.

여자 3 우리는 여기 제품이 팔릴 수 있게 일하는 사람들이야.

그러니 우리는 더 나은 대접을 받을 자격이 있어.

남 자 월급 주잖아.

여자 3 그건 당연한 거야!

우리가 출근하면 당연히 일하듯이.

남 자　또 점심 식대 이야기하는 거야?

　　　그것도 지금 주고 있잖아.

여자 3　그 가격으론 아무것도 못 사 먹어.

남 자　도시락을 싸 와!

여자 3　난 더 이상 청산가리를 반찬으로 안 먹을 거야.

남 자　예전에는 다 그렇게 했어!

여자 3　니 입으로 말했어.

　　　사람은 변해야 한다고.

　　　사람이 변하듯

　　　여기 작업장도 바뀌어야 할 거 아냐!

남 자　여태 아무도 불만을 가진 사람 없었어!

여자 3　전태일 열사 잊었어?

　　　바로 여기 이 종로 바닥이었어!

여자 2　(붕대를 한 자신의 손을 보며) 반지…… 반지…….

남 자　노조를 그만둬!

여자 3　그럴 수 없어!

남 자　노조를 계속하면 누나는 해고야!

여자 3　너도 노동자였어!

남 자　난 살아남아 성공한 것뿐이야!

　　　본인의 나태함을 핑계 대지 않았으면 좋겠어!

여자 3　나태?!

여자 2   여보…… 여보…….

여자 3   (천장 위 시계를 가리키며) 저 시계를 보면 뭐가 떠오르는지
          알아?

남 자   금.
          시간은 나를 인내시키고 단련시키고 값비싸게 해줬어.

여자 3   그건 니가 저 시계를 만지는 사람이니까!
          저 시계는 나한테 무덤에 불과해.
          매일 매일 시간에 쫓기는 기분이 어떤지 알아?

남 자   이제는 고장 난 시계 탓을 하는 거야?
          시계 하나도 알아서 못 고치면서!

여자 3   시계를 내가 어떻게 고쳐!
          저 망할 시계를 우리가 어떻게 손을 대냐고!
          우리는 한 번도! 한 번도!
          시간의 주인이었던 적이 없어!
          내 시간을 내 마음대로 써본 적이 없다고!

남 자   좋아! 시계를 고쳐 줄게!
          그럼 됐어? 만족해?
          지각도 안 하고 조퇴도 안 하고 잘할 수 있겠냐고?!

여자 3   상관없어.
          솔직히 이제는 저 시계가 어디를 가리켜도
          나한테는 아무 의미 없어.
          앞으로도 난 쫓기고 있을 테니까.

시간에 쫓겨 일을 해도 일은 끝나지 않아.

시계가 7시를 가리켜도 나는 퇴근할 수 없어.

다 끝날 때까지 새벽이 되어도 다음날 아침이 되어도

여기서 나갈 수도 없지.

(사이)

저 시계는 볼 때마다 또 무서워.

항상 누군가 나를 지켜보는 것 같거든.

보석 훔쳐갈까 봐.

1분이라도 지각할까 봐.

1분이라도 빨리 퇴근할까 봐.

(사이)

그 기분을 알아?

모르겠지.

아마 다 잊었을 거야.

분명 기억하지 못할 거야.

어른이 되었다면서 어렸을 때 어땠는지는 다 잊어버렸을 테니.

불쌍한 놈.

넌 올챙이 시절을 기억 못 하는 개구리에 불과해.

여자 2   반지……

내 반지 어디 있지?

인형은?

우리 애 줄 곰 인형은 어디 있어?

남　자　그래서……

　　　　노조를 계속하겠다는 거야?

여자 3　계속할 거야.

남　자　그럼 난 누나를 해고할 수밖에 없어.

여자 3　하려면 해!

　　　　여기 이 공장 안에 있든 밖에 있든

　　　　난 계속 투쟁할 거니까.

남　자　(손가락으로 여자 3을 가리키며) 해고야! 나가!

여자 3　봉제 공장에서…… 기억 안 나?

　　　　마산에서 올라온 동료가 손가락 잘렸던 거.

　　　　그때 네가 잘린 손가락을 찾고 그 동료를 들쳐업고

　　　　병원에 데려갔었어.

　　　　그런 일을 반복하고 싶어?

남　자　난 손가락을 잘리지 않았거든.

　　　　그리고 난 손가락을 희생하라고 강요하지도 않았어!

　　　　사실 이제 더 이상 누나 같은 사람들의 손가락은 필요 없어.

　　　　일은 기계가 하면 되고

　　　　그 외에 손가락이 할 일은 나만 하면 돼.

　　　　(사이)

　　　　낮에는 너희들에게 지적을 하고 욕을 하고,

　　　　밤에는 다이아몬드를 낀 채 눈부시게 빛나는

　　　　그리고

용케 지금껏 살아남은 나의 인생을 찬양하지.

그리고

지금의 성공을 놓치지 않게 계속 꼬옥 움켜쥐고 있을 거야.

그래서 너희들은 나를 이길 수 없어.

나는 꽉 쥔 이 손을 절대 펼 생각이 없거든.

나를 이기려면 내 다섯 손가락을 다 잘라야 할 거야.

'댕—댕' 하고 시계가 울린다.

여자 2 작업대 위 핀 조명이 꺼진다.

기침을 심하게 하는 여자 3

시계가 한 번 더 울리고

가슴을 부여잡고 주저앉는 여자 3

여자 1   선배님!

기침을 하면서 입에서 보석들을 토해 내는 여자 3

보석들이 입에서 막 떨어져 나온다.

다급하게 여자 3에게 달려가

여자 3의 등을 두드려 주는 남자

다시 심하게 기침을 하는 여자 3

입에서 또다시 보석들이 나온다.

바닥에 떨어져 반짝반짝 빛나는 보석들

단말마를 토하는 여자 3

조명이 붉게 변한다.

바닥에 그대로 쓰러지는 여자 3

여자 1 선배님! 괜찮으세요?

남 자 비켜 봐!

바닥에 떨어진 보석들을 줍는 남자

남 자 (보석을 줍고 들여다본 후) 뭐야?

큐빅이잖아.

쓰러진 여자 3을 발로 차는 남자

미동이 없는 여자 3

남　자　이제 더 이상 쓸모가 없네.

그대로 그냥 무대에서 퇴장하는 남자
발을 동동거리며 어쩔 줄 몰라 하는 여자 1
다시 한 번 시계가 울린다.
조명이 푸른색으로 바뀐다.

여자 1　(여자 3을 흔들며) 선배님! 선배님!

여자 2　(여자 2 작업대 위 핀 조명이 켜지며) 걱정하지 마.

여자 1　네?

여자 2　시간이 지나면 일어날 거야.

　　　　안 죽어.

여자 1　그래요?

　　　　다, 다행이네요.

여자 2　다행은 무슨…….

　　　　너도 곧 저렇게 될 거야.

여자 1　네?

여자 2　갑자기 기침 나고 머리가 어지럽지 않아?

여자 1　가, 가끔요.

여자 2　축하해!

너도 이제 진정한 종로 쥬얼리 노동자가 된 거야.

여자 3 주변에 흩어져 있는 보석들을 하나씩 주워 들여다보고는
자기 주머니에 다 집어넣는 여자 1

여자 2	곰 인형이 없어.
여자 1	(다시 여자 2를 보며) 네?!
여자 2	다 없어졌어.
여자 1	괜찮으세요?
여자 2	(붕대를 쳐다보며) 반지도 없어.
여자 1	(자신의 반지를 보이며) 이런 반지요?
여자 2	반지를 가지고 있네…….
	(여자 1을 한참 쳐다보고는) 니 꺼니?
여자 1	네.
	제가 만들고 있는 반지예요.
여자 2	넌 누구야?
여자 1	새로 온 막내예요. 온 지 백 일도 안 됐어요.
여자 2	막내?
	백 일?
	입원해 있을 때 들어왔구나.

여자 1　다른 선배님들한테 말씀은 많이 들었어요.

　　　　이제는 괜찮으세요?

　　　　다 나으신 거예요?

여자 2　그 괜찮냐는 말 정말 지겹다.

　　　　괜찮아?

　　　　괜찮아요?

　　　　괜찮니?

　　　　(사이)

　　　　이제 더 이상 그 말 하지 마.

　　　　나 괜찮으니까.

여자 1　사장님이 나오라고 해서 나오신 거예요?

여자 2　일을 해야지.

　　　　일 안 하고 뭐 하니?

　　　　어서 일 시작해.

여자 1　지금 파업 중이라서요.

여자 2　파업?

　　　　파업 끝났어.

　　　　빨리 일해.

　　　　(쓰러져 있는 여자 3에게 한 번 눈길을 주고는)

　　　　쟤는 조금 있으면 다시 일어날 테니까 신경 쓰지 말고.

　　　　일이나 해.

여자 1 작업대 위 핀 조명이 켜진다.

작업대로 향하는 여자 1

푸른 전체 조명은 꺼진다.

보석 세공기를 작동시키는 여자1

보석 세공기가 돌아가는 소리만 들린다.

보석 세공기 돌아가는 소리 (E)

여자 1   오랜만에 기계 잡으시는 건데 괜찮으세요?

말 없이 여자 1을 노려보는 여자 2

여자 1   아. 맞다. 죄송해요.

여자 2   일은 할 만해?

여자 1   하나씩 배우고 있어요.

여자 2   할 만하지 않은가 봐.

(쓰러진 여자 3 쪽을 보며) 쟤랑 어울리는 거 보니까.

여자 1   사실 잘 모르겠어요.

파업을 하는 게 맞는 건지 아닌 건지.

여기 온 지 얼마 안 되어서 몰라서 그런 것도 있지만

어쨌든 전 돈이 당장 필요하거든요.

파업을 하면 돈을 못 버니까 그건 걱정이에요.

그런데 사실 여기 와서 너무 놀랐거든요.

출근은 칼같이 1분만 늦어도 월급 깎는다고 하면서

퇴근 시간은 지켜주지도 않지.

야근을 해도 야근 수당도 안 주지.

밥은 화약 약품들 옆에서 먹어야 하고

월차 같은 것도 없고…….

여자 2   (귀찮다는 듯) 알았어. 무슨 말인지 알았고.

(사이)

그래도 주변에서 부러워하지 않아?

매일 다이아몬드나 금 같은 걸 만진다고.

여자 1   이제는 보석을 만져도 아무 감흥이 없어요.

다이아몬드를 봐도 그냥 똥 같아요.

여자 2   똥?!

(키득거리며) 똥 웃기다.

여자 1   몸도 좀 아픈 것 같고…….

노조가 필요하기는 한데…….

겁나요. 솔직히.

어쨌든 전 돈을 벌어야 하니까요.

(사이)

어떻게 해야 할지 모르겠어요.

여자 2   (계속 키득거린다.)

여자 1   선배님.

뭐 한 가지 물어봐도 돼요?

여자 2   뭐?

여자 1   왜 그렇게 되신 거예요?

여자 2   (붕대가 감긴 손을 들어보이며) 이거?

(한숨을 한 번 뱉고는) 다쳤지.

여자 1   어쩌다가요?

여자 2   다쳤다니까!

다쳤다는 건 원치 않았다는 거야.

원치 않았다는 건 내 일이 아닌 남의 일을 했다는 거고.

됐니? 이제 만족하니?

나는 다쳐서 이렇게 됐지만 다들 아무렇지 않아.

난 평생 남 좋은 일만 했다고!

순간 놀라서 고개를 숙이는 여자 1

'댕—댕—' 하고 시계가 울린다.

보석 세공기가 돌아가는 소리가 꺼진다.

여자 2	(유심히 시계를 보더니) 이상한데…….
여자 1	(자신이 만든 반지를 한 번 보고 미소를 짓고는)
	선배님.
	결혼하신 적 있으시죠?
여자 2	왜?
여자 1	결혼하면 어때요?
	행복해요?
여자 2	행복?
	(사이)
	행복이 뭔데?
여자 1	그냥…….
	다들 쉽게 이야기하는 거 있잖아요.
여자 2	행복이라는 단어가 지금 너무 생소하게 들려.
여자 1	복잡하게 말고요.
	그냥 쉽게요.
여자 2	그 질문은 절대 쉽게 답할 수 없는 거야.
	무책임해. 무책임한 거라고.
여자 1	전 무책임한 아이가 아니에요.
여자 2	(다시 시계를 보며) 뭔가 이상한데…….
여자 1	다들 저한테 뭐라고 하기만 하고
	기다리라고만 하네요.
	저는 정답을 찾고 싶은데 그것도 아주 빨리.

(사이)

아무래도 전 이곳에 오래 있지 못할 것 같네요.

여자 2   개새끼

(사이)

개새끼가 된 기분이야.

여자 1   개새끼요?

여자 2   따뜻한 집에 비바람 안 맞고 주인의 사랑을 듬뿍 받으며 사는

강아지 있잖아.

그런 행복한 개새끼.

아무 걱정 없이

아무 생각 없이

그냥 맨날 잠이나 자는…….

여자 1   아…… 네…….

여자 2   가짜야.

여자 1   네?!

여자 2   가짜라고.

다 가짜야.

여자 1   뭐가요?

여자 2   이제부터 니가 겪게 될 모든 거.

일하는 것부터 연애 그리고 결혼까지.

알고 보면 다 가짜야.

(사이)

넌 꿈이 있니?

여자 1 네…….

(반지를 보이며) 전 공방을 차려서 제 개인 작품전을 열 거예요.

여자 2 (유심히 반지를 쳐다보더니) 그건 뭐니?

여자 1 반지요.

여자 2 큐빅이니 다이아몬드니?

여자 1 큐빅이요.

여자 2 니가 만든 걸 사람들한테 보여줄 거니?

여자 1 (고개를 끄덕이며) 네…….

여자 2 그러면 큐빅이라고 말할 거야?

여자 1 글쎄요…….

여자 2 말하지 마.

군이 말할 필요 없어.

사람들도 너한테 큐빅을 큐빅이라고 말해 주지 않을 거거든.

여자 1 전 저만 만족하면 돼요.

여자 2 넌 니가 만든 그 반지 마음에 들어?

여자 1 그럼요.

여자 2 그럼 나한테 줄래?

여자 1 네?!

아직 덜 만들었는데요?

여자 2 (붕대 감은 손을 보이며) 내가 지금 반지가 필요해서 그래.

우리 애한테 뭐라도 하나 줘야 되거든.

그런데 아무것도 없네.

아무것도 없어.

여자 1   선배님은 아이가……

(사이)

아직 다 완성도 안 된 반지예요.

여자 2   부탁이야.

선물이라고 생각하고 나한테 줘.

여자 1   선배님, 괜찮으세요?

여자 2   그럼 잠깐 빌려줘.

바로 돌려줄게.

여자 1   정말 괜찮으신거예요?

여자 2   부탁이야!

제발 그 말 좀 하지 말아 줘!

짧은 정적.

눈치를 보며 조심스레 천천히 여자 2 작업대 쪽으로 다가가는 여자 1

여자 3. 혼자 씩씩거리며 중얼거린다.

여자 2에게 반지를 건네는 여자 1

여자 2   고마워.

이때, 무대 입구 위 핀 조명이 켜진다.
기침을 하며 몸을 움직이는 여자 3

여자 1   (여자 3에게 달려가며) 선, 선배님!

여자 3을 부축해 일으키는 여자 1

여자 3   여기가…… 여기가 어디야?
여자 1   공장이에요.
여자 3   몇 시야?
여자 1   (시계를 보려 하며) 지금이.
여자 3   됐어!
          고장 난 시계!
          (기침을 다시 크게 하고는) 사장은?
여자 1   가셨어요.
여자 3   개새끼!

개새끼!

사장 어딨어?

사장한테 가자!

여자 1 안 돼요! 쉬셔야 해요!

여자 3 안 돼. 쉬면 안 돼.

여자 1 그러다 진짜 쓰러져 죽어요.

여자 3 죽는다고?

상관없어.

내일 살려면 오늘 죽는다고 해도 좋아!

무대 밖으로 퇴장하는 여자 3

여자 3을 부축하며 따라 퇴장하는 여자 1

무대 입구 위 핀 조명이 꺼지고

이어서 여자 1 작업대 위 핀 조명이 꺼진다.

홀로 무대를 비추는 여자 2 작업대 위 핀 조명은 푸른색으로 바뀐다.

여자 2 (반지를 보며)

넌 다이아몬드가 아니야.

그냥 큐빅이지.

넌 아직 다 만들어지지도 않았어.

아직 어른이 아닌 거지.

(사이)

바뀔 수 있을까?

항상 궁금했어.

그냥 가만히 있으면

참고 인내하면 모든 게 완벽해지고 내가 꿈꾸던 대로 되는지.

(붕대 감은 손을 보며)

그런데 아무리 기다려도……

손가락이 안 생겨.

아무리 기다려도

다이아몬드가 안 생겨.

(다시 반지를 보며)

확실한 게 뭔지 알아?

아무것도 하지 않으면 아무것도 바뀌지 않는다는 거.

그리고 아무것도 하지 않는 지금 내 주변엔 온통 거짓밖에

없다는 거.

너는 고작 큐빅에 불과하고 나는 손가락이 없지.

나는 앞으로도 손가락이 없을 거고 너도 절대 다이아몬드가

될 수 없을 거야.

슬프지만 이미 다 끝난 거야.

아무것도 바뀌지 않으니까.

천장 위 시계에 조명이 들어오고
'댕—댕—' 하고 시계가 울린다.

시계를 올려다보는 여자 2

여자 2   아무래도 시간이 잘못된 것 같은데……
대체 언제부터 잘못된 걸까?
언제로 돌아가야 바꿀 수 있을까?
어느 때로 가야 다시 시작할 수 있을까?
(사이)
이대로 흘러가면
그냥 사라진다는 거야.
없어지는 거지.
아무도 기억하지 않은 채.

이어서 무대 뒤편 싱크대 위 핀 조명이 켜진다.
싱크대 쪽으로 걸어가는 여자 2
그 사이 여자 2 작업대 위 핀 조명이 서서히 꺼진다.

여자 2   아까 누가 마술을 했던 것 같은데…….

나도 한번 해볼까?

(말통을 두 손으로 들며) 어떻게 하더라?

이렇게 하는 거 맞나?

(사이)

하면 바뀔까?

바뀔까?

바뀌었으면 좋겠다.

머리 위에 말통을 붓는 여자 2

순간 '펑' 하는 소리와 함께

모든 조명이 꺼진다.

싱크대 위 핀 조명이 다시 들어오고

마치 마술처럼 여자2는 흔적도 없이 사라져 버린 채

싱크대에서 연기가 나온다.

조명이 다시 꺼진다.

음악이 나오고

전체 조명이 살짝 켜지고

작업대 위로 반짝반짝 무언가가 빛난다.

작업대 위 상자 안에 들어 있는 수많은 큐빅들이 조명에 반짝반짝 빛난다!

보석 같기도 하고

누군가의 아우라 같기도 한 것들이

무대 위를 반짝반짝 빛나게 한다.

음악이 서서히 잦아들면서

조명도 다시 서서히 꺼진다.

암전

END

쥬얼리 노동자도 '노동자'로

희곡집《큐빅과 다이아몬드》는 희곡 작품과 함께
실제 쥬얼리 금속 노동자들의 인터뷰를 싣는다.

1970년대 전태일 열사가 몸담았던
청계천 봉제공장과 전혀 달라지지 않은
시대착오적인 현재
2020년의 쥬얼리 금속 노동환경의
민낯을 목격할 수 있다.

인터뷰에 참여한 노동자들의 신변 안전상
현재 종로 쥬얼리 노동조합의 분회장을 맡고 있는
김정봉 위원장을 제외한 나머지 노동자들의 이름을
가명으로 처리한 점 양해 바란다.

김정봉 종로 쥬얼리 노동조합 분회장

Q1. 안녕하세요.
바쁘실 텐데 다시 한 번 귀한 시간 내 주셔서 감사드립니다.
쥬얼리 노동자가 되신 계기와 과정에 대해 우선 말씀해 주십시오.

A1. 고등학교 졸업 전 조기 취업으로 쥬얼리를 만드는 공장에 취업을 하게 되었
습니다. 당시 IMF 시기로 오히려 쥬얼리업계는 금金 제품 매출이 많았던 기
억이 납니다. 일주일에 한 번도 쉬지 못하고 저녁 9시 퇴근은 야근이 아닌
걸로 알았으니까요. 모두가 어렵다고 하던 시기지만 쥬얼리업계는 반대여
서 인력난으로 친구를 데리고 오면 못 도망가게 10만 원씩 쥐어 주곤 했었
답니다.

Q2. 현재 코로나 사태로 많은 산업 분야에서 고통을 분담하고 있습니다.
쥬얼리업계는 어떤지 궁금합니다.

A2. 주 4일만 출근하여 근무를 하고 있습니다.
원래 주 5일이었는데 평일에 하루를 강제로 쉬고 있는 것이지요.
물론 월급도 깎였습니다.
사실 고통을 분담한다는 차원에서 이해가 안 되는 건 아니지만 문제는 업무
량이 더 늘었다는 데 있습니다.

아까도 말씀드렸듯이 쥬얼리업계는 불경기에 오히려 장사가 잘됩니다.
97년 IMF 때도 그렇고 경기가 안 좋으면 금붙이 같은 보석에 대한 수요와
문의가 더 증가하기 때문에 주문 및 작업량은 증가합니다.
해야 하는 작업의 양은 줄지 않았는데 하루 출근을 덜 하니 출근했을 때 거
의 매일 밤을 새야 합니다. 야근 수당 같은 건 당연히 없고요.

Q3. 야근 수당이 없다고요? 쥬얼리업계 일이 작업량이 많으면 새벽까지 이어진
다고 알고 있습니다만 야근 수당이 없다는 것은 이해하기 힘듭니다.

A3. 야근 수당이라는 개념이 존재하지 않는 업계입니다.
퇴직금 역시 없었습니다만 근래에 노조를 결성하면서 한 분 두 분 퇴직금 성
격의 위로금이라도 받으시는 분들이 이제 막 나오기 시작한 단계입니다.

Q4. 쥬얼리 노동자들의 처우가 굉장히 열악하게 느껴집니다.
쥬얼리 노동자들의 처우에 대해 몇 가지 더 이야기해 주십시오.

A4. 우선 근로계약서가 없습니다.
즉, 일을 시작할 때 계약서 같은 건 전혀 쓰지 않는 것입니다.
현재 노동자의 80%가량이 고용·보험에도 가입되어 있지 않습니다.
학원 강사 같은 개인사업자도 아니고 그렇다고 프리랜서도 아닙니다.
말 그대로 '존재하지 않는' 노동자입니다.
실제로 쥬얼리업계 노동자들은 야근 수당도 한 푼 받지 못하고 밤새 일을

하지만 법적으로는 한 번도 일을 하지 않은 무직자인 셈입니다.

세금도 당연히 한 번도 낸 적이 없고 연말 정산 같은 것도 해 본 적이 없죠.

아이러니하게도 세금을 내보는 게 꿈입니다.

또 월급을 계좌가 아닌 '월급봉투'로 받습니다.

Q5. 월급봉투로 월급을 받는다고요? 무슨 70년대 이야기 같습니다.

A5. 봉투에 현금으로 월급을 받습니다.

공식적으로 그리고 서류상으로는 저희는 존재하면 안 되니까요.

그것도 봉투에 세부사항 같은 기록 하나 없이 그냥 달랑 이름 석 자만 적어
서 줍니다.

이런 이유로 저희 쥬얼리 노동자들은 신용카드 한 장 만드는 것도 너무 어
려운 일입니다. 신용카드를 아예 만들 엄두를 못 내는 분들이 많고 겨우겨
우 체크카드를 만들어서 사용합니다.

신용카드도 못 만드는 처지니 당연히 1금융권에서 대출을 받기도 쉽지 않고
자연히 2, 3 금융권에서 고리로 돈을 빌리다 보니 신용불량자가 되신 분들
이 정말 많습니다. 급전이 필요해도 대출 하나 제대로 받기 어려운 겁니다.

Q6. 사업주 입장에서 부득이한 이유가 있는 건 아닐까요?

안 그래도 요즘 '최저시급 인상이다, 코로나다' 해서 힘들어하는 사업장이 많다고
하는 건 사실이니까요.

A6. 쥬얼리 공장 및 쥬얼리 샵 같은 쥬얼리업계는 장기사업률이 1, 2위를 다투는, 폐업이 거의 일어나지 않는 산업입니다.

아시는 분들은 아시겠지만 사실 금을 주문 받아서 제품을 만들 때 이미 부가적인 수입이 생깁니다. 흔히 많이들 하는 14K의 경우 순금이 58.5% 들어 있는 걸 의미합니다. 하지만 사실 소비자가 14K를 구매하는 금액은 64.35%의 금액을 내는 겁니다. 작업을 할 때 자연히 깎이고 없어지는 덩어리만큼 미리 다 계산해서 받는 건데요. 이렇게 깎이고 없어지는 6~7% 되는 순금을 작업장에서 그냥 둘 리가 없습니다.

한 달에 한 번 작업장을 청소하면서 환풍기나 벽 같은 곳에 들러붙은 금 조각들을 다 수거합니다. 그렇게 수거한 양만 해도 꽤 되는데 당연히 신고 따위는 하지 않습니다. 대충 계산해도 한 달에 몇백만 원 정도 부수입이 생기는 건데 신고도 안 하고 세금도 내지 않습니다. 만약 한 사람이 사업장을 여럿 가지고 있다면 어떨까요? 한 달에 한 번 작업장에 있는 금 조각들만 모아서 챙기는 돈만 해도 천만 원 단위는 충분히 될 겁니다.

현재 종로 3~4가에 밀집해 있는 쥬얼리 공장은 800여 개가 됩니다. 종로3가에서 5가 사이에 식당들이 있는 골목 골목 간판 없는 2층, 3층에 자리한 사무실 같은 곳이 사실상 거의 다 쥬얼리 공장이라고 생각하시면 됩니다.

규모를 크게 하는 업장도 있고 사실상 '카르텔' 입니다.

Q7. 그러면 작업장 환경은 어떤가요?

급여 못지않게 중요한 것이 작업장 환경인데요.

아무래도 다른 곳보다는 위험한 작업도 많은 것 같습니다만.

A7. 주물을 하거나 세척을 할 때 맹독성 화약 약품을 많이 만지게 됩니다.

하지만 보관과 관리가 정말 엉망이고 아무렇게나 되어 있지요. 청산가리나 염산이 그냥 손 닿는 곳에 심지어 라벨링도 안 되어 있는 상태로 아무 곳에 그냥 아무렇게나 놓여 있습니다.

물론 작업하는 작업자나 노동자들이 알아서 잘 관리하면 되고 실제로도 지금 현재 노동자들이 알아서 임기응변으로 하고 있는 실정입니다.

문제는 회사에서 해 줘야 하는 부분을 전혀 하고 있지 않다는 데 있는데요.

산업의 특성상 회사에서 알아서 노동자들의 건강을 챙겨줘야 하는데 특수 건강검진은커녕 정기적인 건강검진도 전혀 지원을 받고 있지 못하고 있습니다.

Q8. 또 다른 작업장 환경에서의 부조리한 것이 있을까요?

A8. CCTV가 너무 지나치게 많습니다.

물론 금이나 귀금속이 왔다 갔다 하니까 CCTV가 필요하다는 데는 동의를 합니다만 인권이 침해될 수 있는 부분까지 CCTV가 다 설치되어 있습니다.

대표적인 게 환복실인데 사실 이 환복실 자체도 일부러 좁게 만들어서 옷을 갈아입는 것 자체를 불편하게 만들었습니다.

실제로 여성 노동자들 같은 경우에 CCTV 때문에 환복시 불쾌감을 느끼고 있습니다.

Q9. 이런 상황인데 그동안 노동청 같은 곳에서 경고나 주의를 준 적이 없나요?

관계 당국에서 모른다면 말이 안 되고 개선 의지가 있는지도 의심스럽네요.

A9. 금과 귀금속이 있는 곳이기 때문에 관계 당국도 사실 많이 조심스러워합니다. 가끔 감사를 하러 들어와도 '당신들이 왔다 가고 나서 뭐가 없어졌다!' 이런 이야기가 나올까 봐 깊숙이 들어와서 조사하는 데 부담을 가지는 게 사실입니다.

또 감사가 나올 것을 대비해 몇 군데는 '모범적인' 사업장을 흉내 내서 감사가 오면 그곳만 대충 스윽 보고 지나가게 유도하기도 합니다.

무엇보다 관계 당국에서 시정명령 등 액션이 들어오면 사업주들은 그냥 '폐업을 하겠다' 고 사업장 자체를 가지고 협박을 합니다.

정말 어이없는 게 대부분 개인사업자로 등록이 되어 있어서 사업주가 마음에 안 들면 그냥 하루 아침에 폐업을 해도 되는 구조입니다.

Q10. 구조적으로 정말 문제가 많은 것 같습니다.

관계 당국도 별로 무서워하지 않는 것 같네요.

A10. 대부분 사업주들이 개인사업자로 자기 일을 등록한 상태이며 80% 이상은 5인 미만 사업장으로 허위로 등록을 했습니다. 그러니까 아까 말씀드린 월급봉투로 현금으로 급여를 주는 것이기도 하고요.

하지만 5인 미만인 곳은 거의 보기 힘듭니다. 법망을 피해, 오히려 법을 교묘하게 이용해서 노동자들을 착취하고 있다고 생각합니다.

이게 또 악순환인 게 노동자들은 애초에 노동자로 등록 자체가 안 되어 있으니 노동청에 신고를 하고 사실확인을 하는데 시간도 많이 걸리고 아무 소득도 없이 흐지부지되어 버리기 일쑤입니다.

Q11. 현재 코로나로 주 4일만 일하신다고 들었습니다. 그전에는 주 5일 일하셨을 텐데 요. 휴일에 쉬는 것이야 당연한 것이고 그 외에 '연차' 같은 휴일이 제대로 보장되 고 있는지도 우려스럽습니다.

A11. 연차도 없습니다.

10년 넘게 이 업계에서 일하신 분들 중에 연차를 쓰신 분을 저는 본 적이 없 습니다. 심지어 그동안은 5월 1일 노동절에도 쉰 적이 없습니다.

참고로 저는 집이 경기도입니다. 매일 아침 9시 출근을 위해 경기도에서 지 하철을 타고 종로까지 오는데요 당연히 출근길이 지옥 같습니다.

그런데 제가 1년 중 가장 편하게 출근을 할 때가 언제인지 아시나요?

바로 5월 1일 노동절입니다.

그때는 사람들이 대부분 쉬느라 출근을 안 해서 저는 그날은 참 편하게 출 근을 하고 그래서 기분 좋게 일을 시작합니다.

참 아이러니하지 않나요?

사실 노동절은 노동자가 쉬어야 하니까 저도 마땅히 쉬어야 하잖아요.

그런데 그날 '출근하면서 지하철에 앉아서 갈 수 있으니 참 좋다' 이런 것 에 만족을 해야 하니 너무나도 서글프더군요.

다행히 노조를 결성하고 작년에는 노동절날 쉬었습니다.

Q12. 현재 노조를 결성하시고 노동자 전체를 위해 싸우고 계십니다.

언제 가장 보람을 느끼셨는지요?

그리고 실제 삶에서 많은 것이 변화되고 있다고 느끼시는지요?

A12. 노조를 결성하고 싸우면서 제가 변화를 체감했던 적이 세 번 있습니다.

첫째, 아까 말씀드린 노동절날 쉰 것.

둘째, 연차를 처음 얻어 딸과 바닷가에 놀러 간 것.

그리고 마지막 셋째, 집에 돌아와 식구들과 밥을 먹는데 아직 해가 떠 있는

걸 목격한 것입니다.

모두 다 십여 년 만에 처음 느껴보는 것이었습니다.

물론 노조 활동이 강성으로 보일 수도 있습니다.

하지만 노동자를 둘러싼 환경이나 대우가 아직 70년대에 멈춰 있습니다.

당연히 그에 대한 투쟁도 올드한 방식으로 할 수밖에 없지 않을까요?

또 제가 십여 년 만에 느낀 세 가지 변화가 사업주들이나 보통 사람들 입장

에서는 이미 일상적인 것들입니다.

21세기 대한민국에서 직업이나 학벌과 상관없이 일을 하는 노동자라면 당

연히 누려야 하는 것을 새삼 '쟁취' 하려 한다는 것이 슬플 뿐입니다.

이제 노조가 2년 차에 접어들었습니다.

아주 기본적이면서 소중한 노동자의 권리를 위해 계속 싸울 것입니다.

30대 청년 노동자 A 씨

Q1. 안녕하세요. 현재 쥬얼리 세공 작업에서 어떤 일을 하시는지 말씀해 주십시오.

A1. '현장'이라고 불리는 파트에서 일하고 있습니다.
깎고 조립하고 재단하고, 큐빅을 세팅하는 일에 다 관여하고 있습니다.

Q2. 쥬얼리 노동자가 된 계기를 말씀해 주십시오.

A2. 대학을 나와서 폴리텍에서 쥬얼리 세공을 따로 공부해 쥬얼리 업계에 들어
왔습니다.

Q3. 실제 종로 쥬얼리업계에서 일해 보니 어떠셨나요?

A3. 솔직히 처음에는 많이 놀랐습니다.
학교에서 배운 것과는 너무 달랐거든요.
오히려 학교에서 배운 게 일할 때는 전혀 쓸모가 없었습니다.
현장과 그동안 힘들게 배운 게 너무 간극이 컸습니다.

Q4. 어떤 면이 간극이 컸나요?

A4. 학교는 작품을 만드는 곳이고 현장은 상품을 만듭니다.

사실 그 차이가 제일 크다고 생각합니다.

하지만 단순히 환경 차이의 문제 때문에 간극이 생기는 게 아닙니다.

작업현장에서 노동자들을 대하는 태도가 너무 권위적이라는 겁니다.

저 같은 경우에 처음 1년 동안은 그냥 심부름만 했고 어떤 여성 노동자는 여자라는 이유로 작업대 앞에 서는 것조차도 허락되지 않았습니다.

Q5. 쥬얼리 세공을 학교에서 배우고 현장에 온 많은 젊은 노동자들이 처음에는 적응을 못했겠네요.

A5. 쥬얼리 세공을 배우고 졸업할 때쯤 되면 학교에서 처음에 실습식으로 나와 일을 하게끔 하고 그 후 자연스럽게 업체에 취직을 하게 됩니다.

문제는 학교에서는 전혀 듣지 못한 작업 환경과 너무나 열악한 처우 때문에 대부분 힘들게 배운 걸 써먹지 못하고 그냥 일을 그만둔다는 겁니다. 저희 기수도 50명 넘는 동기들 중에서 지금껏 일하는 사람은 저를 포함 두 세명 밖에 되지 않습니다.

Q6. 그렇다면 선배들이 후배 노동자들을 위해 도움을 주지 않습니까?

어떤 도움을 주고 있습니까?

A6. 아쉽지만 선배 노동자들도 젊은 후배 노동자들을 배려하지 않고 있습니다.

쥬얼리업계가 아직도 권위적인 작업 환경을 가진 것에는 노동자들간의 일명 '도제식' 관계도 영향을 미치는 것 같습니다.

하지만 이는 어쩔 수 없는 부분이 있습니다. 쥬얼리 노동자들의 노동 조건은 너무나 열악합니다. 연차가 많다고 해도 그 어떤 보호장치나 대우가 없습니다.

결국에는 사업주와 회사가 노동자들간의 관계마저 악화시키는 것이라고 생각합니다.

Q7. 구체적으로 어떤 면에서 그렇다고 생각하시나요?

A7. 쥬얼리 작업장을 가 보면 작업대가 컨베이어 벨트처럼 주욱 이어져 있기 때문에 누군가 텃세를 부린다거나 아니면 어리다는 이유로, 혹은 여자라는 이유로 누군가 자신의 작업대를 받지 못하고 있다면 회사 관계자가 당연히 알 수밖에 없습니다. 하지만 '니네들 알아서 해' 라는 식입니다. 그만큼 회사는 노동자에 대해 전혀 관심이 없습니다.

Q8. 그 외에 기타 작업 환경 및 복지에 대해 여쭙겠습니다.

어떤 면을 지적하고 싶으신가요.

A8. 4대 보험에 대해 말하고 싶습니다.

그나마 최근에 노조가 생기고 나서 4대 보험이나 퇴직금에 대해 이제야 사람들이 인식하고 권리를 주장하기 시작했습니다만 그전에는 사실상 그림의 떡이었습니다.

제 나이대 또래 친구들을 보면 아무리 규모가 작은 중소기업에 입사하더라도 4대 보험은 당연히 여겨 4대 보험을 따로 회사에 요구해야 한다는 것 자체를 황당하게 생각하는데 저희 쥬얼리업계는 4대 보험의 혜택을 받는 것도 정말 어려운 일입니다.

Q9. 21세기 대한민국 그것도 수도 서울의 한가운데 종로에서 4대 보험도 받지 못하고 장시간 노동을 한다는 것이 정말 거짓말처럼 들립니다.
A 씨께서는 현재 4대 보험의 혜택을 받고 계신가요?

A9. 다행히 저는 현재 4대 보험의 혜택을 받고 있습니다.
제가 현재 규모가 좀 큰 회사에서 일하고 있고 규모가 크기에 노동부에서도 가끔 실사를 나오는 곳입니다. 그런 이유로 요식행위로 4대 보험을 그나마 해주고 있습니다만 그전의 다른 곳에서는 4대 보험의 혜택을 받지 못했습니다.

Q10. 그렇다면 아무래도 규모가 큰 곳에서 일하는 게 좀 낫겠습니다?

A10. 아니요. 그렇지도 않습니다.
규모가 크면 그만큼 더 고생합니다.
제가 현재 일하는 곳은 노동자들끼리 '쥬얼리계의 삼성'이라 불릴 정도로 규모가 큰 편에 속합니다. 베트남에도 공장이 있는데요. 올해 코로나로 하늘길이 막히면서 베트남에서 만들어 한국에 도착해야 할 물량이 끊겼고 결국 그 물량까지 여기 노동자들이 다 책임을 져야 했습니다.

문제는 베트남 공장의 인원이 천 명인데 반해 여기 노동자들은 열 명 남짓이라는 겁니다. 천 명이 해야 할 일을 열 명이 하게 된 것입니다.

4대 보험을 그나마 해준다고 해도 야간 수당이나 잔업 수당 자체가 없는 구조에서 좋다고만은 할 수 없습니다.

4대 보험에 대해 이야기를 했지만 그나마 이제야 4대 보험을 들어주는 곳이 한두 군데 생긴 것이고 야간 수당이나 상여금 같은 건 아예 꿈도 꿀 수 없고 그런 체계 자체가 없습니다.

4대 보험도 사실 일부러 노동법에 맞춰서 5인 미만으로 신고하려고 실제 일하는 사람이 몇 명인지는 상관없이 딱 5명 미만으로만, 사업주 마음대로 그 인원만 4대 보험을 해주고 있는 실상입니다.

그리고 출퇴근 자체도 불합리한 것이 많습니다.

Q11. 어떤 점이 불합리한가요? 구체적으로 말씀해주십시오.

A11. 현재 제가 있는 회사는 출근과 퇴근 시 전자카드로 찍고 출퇴근을 하는 시스템인데요. 저희가 출근이 9시, 퇴근이 19시입니다. 그런데 출근 카드를 9시 1분에 찍어도 무조건 지각이고 퇴근카드는 19시보다 1분 일찍 18시 59분에 잘못 찍어도 무조건 조퇴 처리가 됩니다. 물론 출퇴근 시간이 중요하지만 이건 노동자들을 압박하는 수단입니다. 심지어 저희 회사 시계는 2분 느리기까지 합니다!

그래서 회사 시계를 믿고 퇴근카드를 찍으면 무조건 조퇴 처리됩니다. 무단 조퇴요.

그래서 회사 시계로 19시 2분이 되면 퇴근카드에 도장을 찍고 나가려고 사람들이 일렬로 줄을 서서 기다리는 진풍경이 벌어지고 있습니다.

Q12. 이제서야 늦게 노조가 생긴 것이 참 의아합니다.

A12. 많은 노동자들이 노조에 들어갈 경우 불이익을 받을 것을 걱정하기 때문입니다.

Q13. 노동자들이 걱정하는 불이익이라는 것이 무엇일까요?

A13. '실직' 입니다.

노조에 가입하면 그대로 일자리를 잃는다고 생각하는 것입니다.

하지만 '노조에 가입한다는 것' 이 바로 그런 위험에서 벗어나기 위함인데 노동자들이 지레 겁부터 먹고 최소한의 자기 권리마저 포기하려 하는 게 참 안타까울 뿐입니다.

Q14. A씨는 따로 학교에서 세공을 배우셔서 종로 쥬얼리업계에 들어오신 분이십니다.

지금 학교에서 세공을 배우고 있는 후배들에게 한 마디 해주십시오.

A14. 개인 작업이나 나중에 공방을 할 계획이라면 배워서 손해 보는 기술이 아닙니다.

하지만 만약에 교수가 쥬얼리업계에 대해 긍정적으로만 이야기하고 어느 특정 업체를 추천해 주면 다시 한 번 생각해 봐야 합니다.

특히 교수의 신임을 더 받는 학생이라면 당장의 칭찬 때문에 본인의 인생을 낭비하는 실수를 안 했으면 좋겠습니다.

Q15. 마지막으로 쥬얼리 노동을 하면서 이루고자 하는 꿈이 있습니까?

A15. 이 쥬얼리 일과 관련해서 앞으로의 꿈 따윈 없습니다.

그저 젊은 20대를 여기에 다 빨린 느낌입니다.

여성 노동자 B 씨

Q1. 안녕하세요. 인터뷰에 응해 주셔서 감사합니다.
현재 쥬얼리 공장에서 어떤 업무를 담당하고 계신지 말씀해 주십시오.

A1. 저는 현재 쥬얼리 공정 전체에 관여하고 있습니다
여성 노동자들은 보통 남성 노동자들과 구별되어 왁스나 디자인 그리고 제
품 출고 및 판매를 많이 담당하고 있지만 저는 보통 남성 노동자들이 많이
담당하는 곳에서 일을 하고 있습니다.

Q2. 남성 노동자들과 여성 노동자분들이 하는 일이 딱 구분되어 있는지요?

A2. 사실 그렇지는 않습니다만 남성 노동자들은 보통 광실이나 현장에서 일을
하고 여성 노동자들은 아까 말씀 드린 대로 디자인과 출고 그리고 매대에서
일을 합니다. 저는 오랜 시간 남성 노동자들과 같이 일을 하며 소위 '현장'
에서의 업무를 담당하고 있습니다.

Q3. 여성으로서 쥬얼리업계에서 일하는 것은 어떤가요?
힘든 면이 분명히 있을 텐데요.
특히 여성이라서 부당해도 참고 넘어가야 할 일이 있을까요?

A3. 대한민국에서 여자로 산다는 것은 아직도 그 자체로 '차별' 그리고 '성희롱'
    과 싸우는 것을 의미한다고 생각합니다.

    예전에 비해 쥬얼리업계에서 일하는 여성 노동자 수는 늘어났지만 제품을
    만드는 현장의 여성 노동자 수는 여전히 적은 편입니다. 특히 오랜 기간 동
    안 일한 숙련 노동자는 거의 없다시피 합니다.

    제 주변을 봐도 30대 후반 이상을 보기 어렵습니다.

    환경 자체가 여성에게 더욱 가혹하기 때문이라고 생각합니다.

Q4. 어떤 점이 그렇습니까? 구체적으로 말씀해 주십시오.

A4. 저만 해도 처음 이 업계에 들어왔을 때 여자라는 이유로 차별을 받았습니다.
    그저 '여자' 라는 이유로요.

    실력은 보지도 않고 여자라는 이유로 제 개인 작업대 자체도 주지 않더군
    요.

    그래서 처음에는 몇 달간 심부름만 했습니다. 그게 또 관행이라고 하더군
    요.

    여자는 회사에 취직하기도 생각보다 어렵습니다.

    예전에 다른 회사에 구직을 하려고 그곳 사장과 인터뷰를 하고 구두로 사실
    상 취직이 확정이 되었는데 바로 다음 날 사장으로부터 다시 연락이 왔습니
    다. 일을 못 주겠다고 취업을 번복하는 말을 들었습니다. 이유는 그동안 여
    자랑 일해 본 적이 없어서 여자를 쓰는 것에 대해 부담이 있다고 하더군요.

    이 일을 하면서 제일 울컥했던 순간이 바로 처음 작업대 앞에 서서 제대로

일할 기회를 받은 것이었습니다. 사실 그것도 어쩔 수 없이, 일거리가 너무 많아 일손이 부족해 저한테 작업할 기회를 준 것이었지만요.

일을 같이하고 나서 나중에 '여자이기는 하지만 그래도 일은 참 잘 하네' 이런 말을 들었을 때 '그러니까 왜 그동안 나를 따돌렸냐' 라는 욕을 간신히 참느라 눈물이 날 뻔했었습니다.

Q5. 아까 '차별'도 말씀하셨습니다만 '성희롱'도 언급하셨습니다 '성희롱'도 빈번한 편인지 묻고 싶습니다.

A5. 어느 곳이나 텃세라는 것이 있고 신입도 당연히 배워야 하는 게 있기 때문에 어느 정도 잔소리나 심부름하는 것은 이해할 수 있습니다. 하지만 이곳에서 여성 노동자는 21세기인 현재에도 성희롱을 빈번하게, 아무렇지 않게 당하고 있습니다.

회식이나 식사 자리에서 싹싹하게 나오지 않으면 애교가 없다고 욕을 먹습니다.

외모에 대한 지나친 언급도 잦아서 '살은 왜 안 빼냐' '화장은 왜 안 하냐' 는 말도 매일같이 들었습니다. 작업 능력이나 효율과는 전혀 상관이 없는데 말이죠. 그나마 저는 10년 가까이 일을 하며 사람 상대하는 법을 배워서 지금은 스트레스를 덜 받지만 처음에는 정말 너무 충격이었습니다.

Q6. 단순히 '성희롱' 외에도 구조적인 차별도 존재하는지 궁금합니다.

A6. 임금 격차도 굉장히 큽니다. 현재 제가 경력이 10년 가까이 됐는데 세금을 빼면 월 220 정도를 받습니다. 남성 노동자들은 거기에 3-40를 더 받고 있습니다.

Q7. 구조적으로 여성 노동자들에게 더 큰 희생을 요구하는 것 같아 서글픕니다. 다른 노동자분들과의 인터뷰를 통해 열악한 작업 환경에 대해 알게 되었는데요. 사실 작업 환경이 건강에 부정적인 영향을 미칠까 매우 우려스럽습니다. 여성이기에 더욱더 건강에 민감할 것 같습니다만 건강과 관련하여 현재 아픈 곳이 있으신지 그리고 어떤 점이 걱정되시는지 조심스레 여쭙고 싶습니다.

A7. 아무래도 청산가리나 염산 같은 화학물질을 매일 만지다 보니 몸에 이상 신호가 오고 있는 게 사실입니다.
저는 근골격계 질환을 앓고 있습니다. 사실 쥬얼리 노동자들 중 많은 분들이 디스크로 고생하고 있습니다.
그리고 사실 저는 아이를 가지는 것, 임신에 대해서는 포기를 한 입장입니다. 이는 쥬얼리업계에서 일하는 여성 노동자라면 어쩔 수 없이 인정할 수밖에 없는 대가입니다. 실제 생리불순도 몇 달간 지속된 적이 많습니다. 저는 폐경이 될 나이대는 아니지만 사실상 아이를 가지는 것에 대해서는 포기한 상태입니다.
실제 저에게 이 일을 가르쳐 준 학교 선생님은 유산을 두 번이나 하셨다고 말씀하셨습니다. 유산을 두 번 했다는 그 말을 정말 아무렇지 않게 담담하게 이야기하시더군요.

Q8. 현재 B씨께서는 노동자의 권리를 위해 열심히 노조일을 하고 계십니다. 당연히 사업주의 방해가 예상되는데요. 여성이기에 특별히 더 감내해야 하는 방해가 있을까요?

A8. 솔직히 노조와 관련해서는 성별은 중요하지 않은 것 같습니다.
다만 여성이기에 조금 더 예의 없게 대할 때가 많은 것 같은데요. 회계부서에서 일하는 여직원들이 마치 자기가 사업주인마냥 버릇없게 나올 때가 있습니다.
저희 회사는 1분만 지각해도 지각사유서를 써야 하는데요. 대중교통이 연착되었다는 뉴스 기사로 확인 가능한 이유가 아니면 어떠한 이유라도, 또 1분만 지각해도 전혀 봐주는 게 없습니다.
지각이 물론 좋은 건 아니니까 받아들인다 해도 그 다음이 문제입니다.
지각사유서를 쓰면 회계과에서 찾아와 직원이 굉장히 쌀쌀맞게 어떤 서류에 사인을 하게 강요합니다. 한 번만 더 지각하면 월급의 10%를 제한다는 각서입니다.
제가 알기로 이런 각서를 강요하는 것 자체가 불법일 텐데요. 제가 느끼기로는 여성 노동자들에게 더 무례하게 이를 강요한다는 인상입니다.

Q9. 매일같이 쥬얼리를 만지시는 일을 하고 계십니다. 바보 같은 질문일 수 있지만 그래도 여성분이시니 쥬얼리를 만지시면서 '나도 이런 보석을 하고 싶다'거나 사랑하는 분과의 낭만적인 상상을 하시지 않을까 생각이 드는데요.
쥬얼리 작업을 하시면서 가장 크게 보람을 느끼신 적이 언제이신지요?

A9. 없습니다.

일을 하면서 보람을 느낀 적은 아직 없습니다.

많은 분들이 매일 금붙이를 만지면 기분이 어떠냐고 묻는데 사실 전혀 어떠한 감정도 들지 않습니다. 매일 금속을 몇십 개 정도 만지는 게 아니라 기본 몇백 개. 그리고 소위 '대목' 일 때는 몇천 개를 만져야 합니다.

일례로 소치 올림픽 때 김연아 갈라쇼 기념 쥬얼리를 만드는데 천 개 이상을 작업했던 적이 있습니다. 쥬얼리업계에서 '대목' 은 크리스마스, 발렌타인데이 그리고 3월에서 5월까지 봄 시즌입니다. 이때가 정말 물량이 많은데요. 이 시기에 길거리에 귀금속 귀걸이를 하고 다니는 사람을 보면 솔직히 달려가서 귀걸이를 잡아 뜯어 귀를 찢어버리고 싶을 정도입니다.

Q10. 그 기간 당연히 야근을 하겠지요. 야근 수당은 제대로 받고 계신가요?

A10. 쥬얼리업계에 야근 수당 같은 건 없습니다.

사실 퇴직금도 최근에서야 받기 시작하신 분들이 한두 분 등장했지만 퇴직금도 사실상 받기 어렵습니다. 1년 이상 일하는 것 자체가 어떻게 보면 불가능합니다.

Q11. 현재 노조 활동을 열심히 하시는 것 같은데요. 많은 쥬얼리 노동자분들이 아직 노조 활동을 주저하며 겁도 많이 먹고 있는 것 같습니다.

주변 동료분들에게 하실 말씀 있으시면 한 마디 해주십시오.

A11. 도망가지 말고 이야기를 하면 일단 들어줬으면 좋겠습니다.

지금 너무나 많은 동료분들이 겁을 먹고 무엇보다 무슨 말만 하려고 하면

듣지도 않고 자리를 피합니다.

그러지 말고 제발 이야기를 끝까지 다 들어줬으면 좋겠습니다.

Q12. 혹시 앞으로 바라는 꿈이 있나요?

A12. 그저 평일날 하루 따뜻한 햇빛을 받으며 여유롭게 커피숍에서 커피를 마시고

싶습니다.

아무 생각 없이 커피 한잔을 커피숍에서 마시는 것!

현재는 이러한 작은 여유도 쉽게 욕심낼 수 없는 상황입니다.

결국 '연차' 문제를 언급할 수밖에 없는데요.

저는 10년 가까이 일을 하면서 한 번도 '연차'를 쓴 적이 없습니다.

쥬얼리업계에는 '연차'라는 게 존재하지 않습니다.

하루 '연차'를 제대로 써 커피숍에서 커피 마시는 게 꿈입니다.

30년 근속 노동자 C 씨

Q1. 안녕하세요. 바쁘신 시간을 내 주셔서 인터뷰에 응해 주신 점 감사드립니다.
쥬얼리 노동자가 되신 계기와 과정에 대해 우선 말씀해 주십시오.

A1. 현재 쥬얼리 노동자로 일을 한 지 30년 되었습니다. 89년, 19살에 상경하였고
상경해서 바로 처음 온 곳이 종로입니다.
지금 쥬얼리 공장에서 일을 하고 있고 쥬얼리 공장들이 더 많지만 당시에는
봉제공장들이 더 많았습니다. 처음에 봉제일을 2년 정도 하다가 우연한 기
회에 친구와 같이 귀금속 업종에 들어오게 되었습니다.
지방에서 올라온 만큼 먹고 자는 게 해결되어야 하는데 당시는 쥬얼리 공장
에서 숙식이 가능했거든요. 어떻게 보면 무슨 큰 뜻이 있다거나 꿈이 있어서
쥬얼리 일을 시작하게 된 것이 아니라 먹고 살기 위해 그냥 물 흘러가듯 자
연스레 이 일을 시작하게 된 것 같습니다.

Q2. 공장에서 숙식이 가능했다고 하셨습니다.
당시 쥬얼리 공장 환경이 어땠는지 궁금합니다.

A2. 지금도 그렇지만 당시도 작업실은 굉장히 좁았습니다. 좁은 작업실 안에 10여
명이 겨우 몸을 붙여가며 작업을 했고 자정에 일이 끝나면 그 위치 그대로
이불만 꺼내서 그냥 잠을 해결했습니다. 남성분들은 아주 좁은 군대 내무반

을 생각하면 될 것 같습니다. 당시에는 어디를 가도 다 똑같은 환경이었습니다.

Q3. 한 가지 일을 30년 가까이 하셨다면 그 업계의 '전문가'라고 할 수 있을 텐데요. 당연히 쥬얼리업계에 대해 막힘없이 의견을 내실 수 있는 위치에 계시다고 생각합니다. 30년 동안 업계에 계시면서 가장 안타깝고 아쉽게 생각하시는 지점은 어떤 것이 있으신가요?

A3. '정체되어 있다' 는 것입니다. 아까도 말씀드렸지만 저도 처음에는 큰 목표나 꿈 없이 그저 숙식이 해결되는 일을 찾다 보니 이 일을 하게 되었습니다.
하지만 저도 보는 게 있고 듣는 게 있다 보니 자연히 이 쥬얼리업계의 미래에 대해 나름 판단은 했었는데요. 사실 금속을 만지기는 하지만 화려하다는 생각보다는 남들이 쉽게 하지 못하는 전문 기술직이다, 장래성이 있고 미래가 밝다, 이런 생각을 처음에 가졌었던 것이 사실입니다.
제봉일을 하다가 이 금속 일로 옮겼을 때 월급이 절반으로 줄었지만 장래성이 있다는 나름의 판단으로 끝까지 해보자 한 것이었는데 지금은 사실 아무 감흥도 없고 일을 하는데 재미가 없습니다.

Q4. '정체되어 있다'는 것을 좀 더 구체적으로, 현실적인 문제로 이야기해 주실 수 있으신가요?

A4. 어떤 업종이나 회사도 오래 일한 만큼 호봉이 올라가고 그만큼 월급도 오르

는 게 일반적입니다. 하지만 쥬얼리업계는 그런 개념이 전혀 없습니다. 호봉이나 경력 인정 같은 게 그냥 아예 없습니다.

제일 슬픈 게 사실 지금 자녀들이 진로를 결정해야 할 나이가 되었는데 '아버지가 하는 일이 나쁘지 않으니 아버지가 하는 일을 해보는 건 어때' 라고 말할 수 없다는 게 가끔 서글픕니다. 그래서 이제는 자녀들에게 남들처럼 좋은 대학 나와서 대기업에 정규직으로 취직하라고 추천합니다.

아무리 오래 일해도 경력을 인정받기는커녕 오히려 늙은 퇴물 취급을 해 아무런 대우도 못 받고 쫓겨나는 게 바로 이 쥬얼리업계입니다.

Q5. 경력이 30년 가까이 되어도 그냥 하루아침에 쫓겨난다고요?

이해하기 어렵습니다.

세공 기술자면 단순 경력자가 아닌 일종의 '장인'인데 그 정도 대접 밖에 못 받는 다니 놀라울 뿐입니다.

A5. 지금 나이가 지긋하신 선배님들이 없는 건 아니지만 퇴물 취급 당하는 게 사실입니다. 60세가 넘어가면 장인 취급을 받기보다는 오히려 월급이 절반 가까이 깎입니다. 제가 현재 그래도 월 400 정도 받는데 그에 절반 정도니까 어디 가서 이 정도 돈 받기 쉽겠냐고 하면서 그냥 후려치는 것이지요. 사실 아파트 경비원을 해도 200 벌기 어려우니까 그냥 참고 일하는 분들이 많습니다.

Q6. 그래도 요즘은 폴리텍 대학 등에서 전문적으로 일을 배우고 업계에 들어오는 젊

은 학생들이 많습니다. 시간이 지나면 조금 나아지지 않을까요?

A6. 그렇지 않습니다. 실제 지금 벌써 세공학과는 쇠퇴 중입니다.
처음에는 '금속이다, 전문 기술직이다' 해서 젊은 사람들이 많이 배우고 지원했지만 실제 현장에 와서 열악한 환경과 대우를 겪고는 대부분 다 못 버티고 떠났습니다. 그리고 이제 소문이 나 귀금속 세공일을 배우려는 사람들 자체가 확실히 줄었습니다.

Q7. 그렇다면 현재 종로 쥬얼리 현장은 노동자들의 평균 연령이 높은 편이겠네요?

A7. 그 점이 제가 또 유감이라고 생각하는 지점입니다.
학교까지 세워서 학생들에게 세공일을 가르쳐도 젊은 친구들을 전혀 활용하지 못하고 있으니까요. 하지만 젊은 친구들 입장에서는 당연히 이 업계에 발을 들이기 꺼려질 겁니다. 급여만 해도 요즘 젊은 학생들의 기준에 전혀 미치지 못하고 있습니다.
아무리 학교에서 세공이나 CAD를 전문적으로 배워도 처음 받는 월급은 150이 겨우 될 정도로, 최저시급에도 미치지 못합니다. 디자이너는 그보다 더 적은 120밖에 안 됩니다.
매장에서 판매를 하는 젊은 아가씨도 마찬가지인데요. 처음 일을 배우는 아가씨들은 4대 보험은 당연히 안 되고 역시 최저시급도 안되는 알바비 정도로 아침 9시에 출근해 하루종일 매장에 서 있어야 합니다. 그나마 경력이 좀 쌓이고 실장급 정도가 되어야 230—40 정도를 받습니다.

Q8. 저도 인터뷰를 진행하면서 다른 노동자분들을 통해 쥬얼리 노동환
경이 너무나 열악하다는 것을 알게 되었습니다. 예전에도 그랬는지요? 30년 전과
비교했을 때 지금 전혀 나아진 것이 없는지 정말 궁금합니다.

A8. 현재 쥬얼리업계에서 일하고 있는 노동자의 80%가 4대 보험을 혜택을 받지
못하고 있습니다. 맞습니다. 30년 전과 달라진 것이 없습니다. 그래서 최근
에 결국 노조를 만들었고 투쟁 중에 있습니다.

Q9. 노조가 생기고 나서 그나마 달라진 면이 있다면 뭐가 있을까요?

A9. 5월 1일.
노동절에 드디어 쉬게 되었다는 겁니다. 작년에 처음 노동절에 쉬었는데요.
29년 만에 처음 노동절에 쉬는 것이라 오래된 동료들과 울었던 기억이 납니
다. 작년에 쉬었기 때문에 당연히 올해도 쉬었습니다.
주5일제가 처음에 기업들의 반발이 심했지만 결국 지금 일상이 된 것처럼
노동자들이 자신의 권리를 이렇게 싸워서 찾아야 하는 게 중요하다고 생각
합니다.
물론 연차가 없다거나 야근 수당을 받지 못하는 부조리 등은 여전히 갈 길
이 먼 문제입니다.

Q10. 현재 가장 시급하게 바꿔야 한다고 생각하시는 부조리는 뭐라고 생각하시나요?

A10. 4대 보험 가입입니다.

쥬얼리 노동자들은 반드시 4대 보험에 가입이 되어야 합니다. 그래야 나중에 실업급여도 받을 수 있기 때문인데요. 사실 쥬얼리업계는 회사나 사장이 돈 벌기도 너무 쉽고 폐업하기도 너무 쉽습니다. 대부분 사업장이 개인사업자가 운영하는 곳으로 신고가 되어 있기 때문에 그냥 '나 내일 문 닫을래' 하면 어떤 제지도 받지 않고 바로 하루아침에 폐업이 가능합니다. 그러니 노동자들이 자신의 권리를 찾든 찾지 않든 하루아침에 직장을 잃을 위험이 너무 큰 겁니다. 그러니까 실업급여를 생각해서라도 또 작업의 특성상 건강을 생각해서라도 4대 보험은 필수입니다.

Q11. 건강 이야기를 언급하서서 여쭙겠습니다.

이번에 인터뷰를 진행하면서 제가 또 놀랐던 것은 위험한 작업 환경과 그에 대한 노동자들의 건강을 배려하는 것이 전혀 없다는 것이었는데요.

30년 동안 일을 하셨으니 당연히 건강을 걱정하실 것 같습니다만 건강은 어떠하신지요?

A11. 다행히 현재 큰 병은 없습니다.

다만 나이가 들다 보니 조금 예전 같지 않은 느낌은 있습니다. 일주일에 한 번씩 도수치료를 받고 있고 매년 주기적으로 건강검진을 받고 있습니다.

물론 100% 다 제 사비로 하고 있습니다.

청산가리나 염산 등 위험한 화공약품을 매일같이 다루고 있지만 회사로부터 그 어떤 건강검진 지원을 받고 있지 않습니다.

사실 쥬얼리 노동자들은 눈이 먼저 노화가 옵니다. 그리고 지금은 괜찮지만 언제 어떤 골병이 진행 중인지 알 수 없어 불안한 게 사실입니다.

Q12. 4대 보험 말고 일과 관련해 또 바뀌었으면 하는 희망사항이 있으실까요?

A12. 점심식사!
점심식사를 화공약품이 가득한 작업장에서 그냥 고개만 돌려 그 자리에서 밥을 먹고 있습니다. 얼마나 찝찝하겠습니까!
밖에서 먹을 수도 있겠지만 사실 점심 식대가 제대로 나오지도 않습니다.
그나마 몇천 원 주기는 하는데 요즘 세상에 어느 식당이 3, 4천 원짜리 식사를 팝니까?
실례로 어떤 작업장에서는 노조가 결성되고 맨 처음 사장과 교섭에 들어간 주제가 점심 식대를 5,500원으로 올려주는 문제였습니다.
솔직히 5,500원으로 점심 식대가 올라간다한들 5,500원짜리 점심식사로 먹을 수 있는 메뉴가 몇이나 있을지 궁금하면서 씁쓸한 게 사실입니다.

Q13. 마지막으로 개인적으로 바라시는 꿈이 있으실까요?

A13. 쥬얼리 노동자가 '노동자'로 인정받는 것!
쥬얼리 일을 처음 시작했을 때는 아직 대학생인 친구들 사이에서 제가 돈이 가장 많았습니다. 대학을 안 가고 바로 사회에 나와 돈을 벌었으니까요. 집안 형편상 대학을 갈 수도 없었고요.

비록 가방끈은 짧고 나중에 친구들은 더 좋은 직장을 가졌지만 그래도 사회생활을 일찍 시작한 이상 어느 정도 시간이 지나고 나이가 들면 최소한 벌이 면에서는 능가하지는 않아도 비슷한 수준은 맞추며 살 수 있을 것이라 생각했습니다.

이제는 그럴 수 없다는 것을 알고 그런 희망도 포기한 지 오래입니다.

문제는 그 오랜 시간 동안 한 분야에서 성실하게 일해왔는데 '노동자'라는 기본적인 지위마저 인정받고 있지 못한다는 점입니다.

아들이 이제 곧 진로를 결정해야 할 나이입니다. 아이에게 부끄럽지 않은 아버지가 되기 위해서라도 그저 '노동자'로서 내 가치를 알아만 주었으면 좋겠습니다.

좌초된 민중이 꿈꾸는 삶의 가치
―이민우의 희곡세계

유 한 근

(문학평론가·《인간과문학》 주간)

"인간의 행위에 의해서 일어나는 사건의 무대화"라 정의할 수 있는 희곡(Drama)을 효용적 측면에서 분류할 때 레제드라마와 연극 공연을 위한 연극 대본과 같은 희곡이 있다. 이민우의 희곡 〈큐빅과 다이아몬드〉는 이 양자의 효용성을 겸비한 희곡이다. 전자의 효용성으로는 이 희곡의 시·공간 설정에서부터 나타난다. 이 희곡 1막에서는 1970년대 봉제공장을 배경으로, 2막에서는 2020년대의 종로 쥬얼리 공장을 배경으로 하여 3명의 여자와 1명의 남자가 시공간을 초월하여 1인 2역으로 등장한다. 그리고 시·공간을 넘나들게 되는 무대를 디테일하게 설명하고 있어 레제드라마로서의 희곡 읽기를 하는 독자에게 시대적인 상황과 무대 설정을 알게 한다. 그리고 왜 이렇게 시·공간을 초월하는 희곡을 쓰고 있는가를 사유하게 한다. 또한 연극 공연을 위한 희곡으로서의 효용성으로서는 등장인물에 대한 동작선이나 행동 지시를 지문으로 디테일하게 제시해주고 있으며 이민우 희곡의 특징인 대사를 역동적으로 구사하고 있다는 점에서이다. 이런 점에서 이민우 희곡은 연극을 위한 희곡에 가까이 접근되어 있다고 볼 수 있을 것이다. 그는 무대를 알고 있는 작가이기 때문이다.

프랑스 디종대학의 교수였던 미셸 코르벵(Michel Corvin)은 〈새로운 연극의 형식〉(1978)에서 연극을 언어의 예술, 시적 예술이라는 규정한다. "시적이라는 말이 바로 창조적이라면, 오디베르티야말로 대 시인이며 조화의 신이다. 이미지의 연극 이상으로 공상세계의 연극이다. 그의 가장 현저한 체질적 특징인 대사의 홍수, 울림의 분출에 대해서는 많이 논해지고 있다. 어휘 맞추기나 농담, 어순의 전도에서 저속한 말에 이르기까지 그는 대사의 해방을 시도한다"라고 당대에 활동했던 한 희곡작가의 작품 세계를 지적하며 연극의 새로운 방향을 제시한다. 이는 지금의 우리 희곡계에도 해당되는 견해이다. 그러면서 그는 20세기의 프랑스 연극의 종류를 몇 가지 경향으로 분류했다. 그것은 ①시적 리얼리즘, ②표현이 난해한 연극, ③조롱의 연극, 그리고 ④사실극과 정치극으로 분류하여 당대의 프랑스의 새로운 연극에 대해서 진단한다. 이 분류로 볼 때, 이민우 희곡은 ①시적 리얼리즘의 희곡으로 언어예술로써의 연극에 충실한 희곡이라 볼 수 있을 것이다.

이민우 작가는 《인간과문학》 신인작품상 희곡 부문에 〈던전(Dungeon)〉(2017)으로 당선된 희곡작가다. 이 작품은 생존 공간인 자신의 방에 틀어박혀 오직 컴퓨터로만 세상과 소통하는 한 남자의 이야기이다. 그의 작품을 심사했던 심사위원은 심사평에서 이렇게 언급한다. "'전구'라는 소품에 상징성을 부여하면서 아버지와 아들을 대비시켜 신·구세대의 대립을 코믹하게 다루고 있다. 이 작품에서 갈등의 소재로 선택한 '전구'가 보다 밝은 미래지향적 관점을 제시하고 있다는 측면에서 유의미한 소재의 발굴이라 할 수 있다"고 평가하며, "극적 흐름을 이끌고 가는 힘과 관객들과의 소통을 고민하고 있다는 측면에서 〈던전(Dungeon)〉을 당선작으로" 뽑았음을 언급한다. 그리고 "앞으로 작가는 우리 사회의 현상을 민첩하고 날카로운 시선으로 관찰하면서도 그 모순과 경계를 잘 파악하여 이를 문학으로 소통하고 화해해야 한다는 것을 잊지 말아"(홍석주 송영림)함을 조언하기도 했다.

　여기에서 우리가 주목할 부분은 '전구'라는 소품의 상징성과 미셸 코르벵이 분류한 '조롱의 연극'의 원 소스로서의 희곡, 그리고 심사위원들이 조언하고 있는 관객과의 소통 문제이다. 특히 심사위원들이 조언하고 있는 부분을 이민우 작가는 잊지 않고 이 작품 〈큐빅과 다이아몬드〉에서 구현시키고 있다. 신인작품상 〈던전(Dungeon)〉에서의 '던전'은 온라인 게임에서 몬스터들이 모여 있는 구분된 장소를 의미하는 것으로, 컴퓨터 세대의 삶의 공간을 의미하며 그 공간을 확대하면 우리 사회의 생태를 상징하고 있다고 할 수 있다. 이는 시적 발상에서 표출되는 방법론 중 하나다. 이렇듯 이민우의 데뷔 작품은 시적 리얼리즘과 사회와 인간에 대한 조롱의 희곡으로서 우리 사회를 통시적으로 반영한다.

　이런 맥락에서 〈큐빅과 다이아몬드〉도 살펴봐야 할 것이다. 서두에서 말한 바 있지만, 이 희곡은 1막에서는 1970년대 봉제공장을 배경으로, 2막에서는 2020년대의 종로 쥬얼리 공장을 배경으로 설정하고 있다. 이렇게 20세기 산업화 시대와 21세기 다양화 시대를 한 무대로 설정한 이유는 당대의 인간상의 탐색을 그 시대의 표징적인 인물인 여공과 쥬얼리 노동자라는 민중을 차별화하기 위한 것으로 보인다.

70년대는 산업화와 도시화가 급속도로 발전해나가던 시기였다. 경공업에서 중공업으로 그리고 컴퓨터 산업으로 이행하기 위한 전초 시대라 할 수 있다. 농촌사회를 이탈하여 도시로 몰려들면서 노동자의 문제가 심화되어가던 시대이다. 이에 반해 2020년대 지금은 엘빈 토플러가 다양화의 시대라 명명했지만, 제4차산업혁명(AI)시대에로의 이행을 준비하는 시대이기도 하다. 이 시대를 이민우는 쥬얼리로 표상한다. 그것은 쥬얼리가 중세, 로코코, 바로코 등 시대에 따라 공간에 따라 그 형태나 개념이 달라지고 있지만, 쥬얼리의 속성이 시대 초월성이라는 점에서 그 표상을 '다이아몬드'로 설정하고 영원성 혹은 정체성을 의미하려는 했던 것으로 보인다.

이 희곡의 1막의 공간적 배경은 곰 인형을 만드는 청계천 봉제공장이다. 이 공간에 등장하는 인물은 여자1과 여자2, 그리고 여자3과 남자 노동자 한 명이다. 여자1은 곰 인형을 만들면서 "사랑이란 대체 뭘까? 막 설레겠지?"라고 이성간의 사랑에 대한 동경을 가진 여자인데 반해, 여자2는 "빛나는 인생! 아름다운 사람", 다이아몬드를 꿈꾸는 여자이다. 그리고 여자3은 자신이 일로부터 벗어나기를 꿈꾸는 현실적인 여자이다. 이 세 여자는 지향하는 바가 달라 사사건건 대립하고 갈등한다. 남자는 "가까이로 밀착하는 남자"로서, 미래를 대비하기 위해 쥬얼리 세공을 배우는 근로자이다. 그래서 2막에서는 보석세공공장 사장으로 등장한다.

이 봉제공장에서 터진 경외로운(?) 사건은 여자2가 비명을 지르며 바닥에 쓰러지면서이다. 손가락 절단 사건이 그것인데 4명의 등장인물이 여자2의 손가락을 찾는 장면에서 여자1은 손가락 대신의 반지를 찾아 들어 올리면서 마술쇼에의 음악과 조명으로 반전된다. 그리고 여자1은 관객을 향해 방백한다. "신사 숙녀 여러분! 오래 기다리셨습니다!/지금부터 환상의 연금 마술쇼를 보여드리도록 하겠습니다!"가 그것이다. 그리고 남자가 여자2를 들쳐 업고 무대 밖으로 퇴장하는데도 불구하고 관객에게 자신이 지향하고 있는 가치를 이야기한다. "사랑하세요?/사랑하시는 거죠?/(사이)/저도 빨리 사랑이라는 걸 해보고 싶네요./빨리 어른이 되고 싶어요./(…)//(손에 든 반지를 높이 들어 보이며)" 모든 인물이 무대로 퇴장했음에도 불구하고 혼자 계속 대사한다. "무릇 귀중한 것에는 시간과 인내가 필요하다고 하지만/저는 당장 하고 싶은 것도 많고 해야 할 것도 많습니다./무작정 기다릴 수만은 없습니다!/이제 이 큐빅을 다이아몬드로 바꿔 보겠"다며 싱크대 덮개를 열고 그 속에 넣은 뒤 말한다. "저 작업대에 인형들은 모두 팔다리가 붙어 여러분에게/달려가 안길 것입니다/그러면 연금 마술을 시작하도록 하겠습니다." 화려한 조명, 싱크대 안에서 피어오르는 연기. 그다음 음향과 조명이 꺼지고 정적이 흐른 뒤 여자1은 조명 밑에서 곰 인형에게 반지를 끼워주려고 한다. 사랑에 대한 약속을 상징하려 하나 곰 인형에 손가락이 없음을 알게 된다. 그러나 자신의 가치 실현에 절망하지 않고, "기다려 봐/내가 너한테 다시 마법을 걸게./기다려 봐"라고 말하며 기합을 넣는다. 그것으로 1막이 끝난다. 이를 통해서 볼 때, 이 무대에 등장하는 네 명의 젊은이는 자신이 추구하는 세상에 대한 가치에 좌초하게 되나 끝끝내 절망하지 않고 매직으로라도 극대화하려 하는 의지를 보여준다.

2막의 배경은 2020년 청계천 쥬얼리 공장이다. 무대가 "밝아지면/작업대 위의 곰 인형들은 다 치워져 있고/대신 큐빅들이 상자에 가득 들어있"으며, "미싱기는 보석 세공기로 다 바뀌"게 된다. 무대에는 여자1과 여자3이 작업대 위에 누워 있다. 1막의 남자는 보석세공공장의 사장으로 분하게 된다. 공장에는 한 사람도 오지 않고 시계는 2분 늦게 간다.

여자1은 기침과 각혈을 하면서도 나중에는 공방 갖기를 원하고, 여자3은 퇴보하는 인간과 세상에 혁명을 해야 한다고 주장하면서 기침을 한다. 그리고 여자1에게 노조 가입을 선동한다. 여자2가 한 손에 붕대를 한 채 들어오면서 일하러 왔다고 말하자 여자3은 파업 중이라고 말한다. 그러나 여자2는 일해야 한다면서 작업대로 간다. 이때 들어오는 정장 차림의 남자. 그 사장은 밥값을 5,500원에서 1,500원을 올려달라는 여자3의 요구를 묵살한다. 이에 여자3은 "여기서 밥을 먹으면 청산가리를 먹는 것 같아/살려고 먹는데 먹을수록 죽어가는 것 같다"고 파업을 계속한다. 이렇게 여자3과 여자1, 그리고 남자(사장)와의 노사 갈등은 계속된다.

남자는 "사람은 변해야 해/지금이 무슨 70년대인 줄 알아?/누나가 무슨 전태일 열사냐고?"라고 말하자, 여자3은 "시대가 변해도 사람 사이의 도리는 변하면 안 되지/아니, 오히려 더 진보해야 하는 거 아니니?/나를 자르려면 잘라!"라고 말하며 투쟁을 선언한다. 그러나 여자2는 세공기를 돌리며 "아름다움은 당신의 것!/당신의 아름다움을 위해!/(사이)/다이아 몬드"라고 외친다. 여자2는 한 남자와 이혼했는데 그 남자에게 프로포즈를 받을 때 다이아 대신 큐빅 반지를 받았다는 것이다. 그리고 지금은 일을 하고 돈을 벌어야 하는 상황이다. 파업하는 사람과 재취업하려 하는 사람과의 대립 상황을 보여주고 있는 셈이다.

여자3은 사장에게 계속 투쟁할 것을 선포하며, 70년대 봉제공장에서 손가락 잘린 동료를 상기시킨다. 그러자 남자는 "나를 이기려면 내 다섯 손가락이 다 잘려야 할 거야"라며 해고를 무기로 협박한다. 계속 기침을 하는 여자3. 그러다가 보석들을 토해낸다. 그것을 줍는 남자. 그는 "큐빅 이잖아"라고 말하고 쓰러진 여자3을 발로 찬다. 그 와중에도 여자2는 여전히 일을 하고, 여자1은 돈은 필요하지만 처우가 불만스럽다는 불평을 한다. 그리고 "이제는 보석을 만져도 아무 감흥이 없어요/다이아몬드를 봐도 그냥 똥 같아요"라고 내뱉는다. 여자3의 파업은 계속되고 그녀의 기침도 계속된다. "그러다 진짜 쓰러져 죽어요"라는 여자1의 말에 "죽는다고?/상관없어/내일을 살려면 오늘 죽는다고 해도 좋아!"라고 말하며 부축을 받고 퇴장한다.

여자1 작업대의 조명은 꺼지고, 여자2의 작업대 조명은 푸른색으로 바뀌며 여자2는 혼자 작업하면서 독백한다. "대체 언제부터 잘못된 걸까?/언제로 돌아가야 바꿀 수 있을까?/어느 때로 가야 다시 시작할 수 있을까?/(사이)/이대로 흘러가면/그냥 사라진다는 거야./없어지는 거지./아무도 기억하지 않은 채."라고 말하며싱크대로 걸어가 머리 위에 말통을 붓는다. '펑' 소리와 함께 조명이 꺼지고 여자2는 흔적 없이 사라진다. 작업대 위에는 반짝이는 무언가가 있다. 상자 안의 큐빅들이 조명을 받아 반짝인다. 이렇게 암전되고 막이 내린다. 지금도 우리 노동현장은 노사분규가 한편으로는 이루어지고, 한편으로는 생존을 위해 일을 해야 하는 사람이 있다. 그리고 여자1처럼 희망의 끈을 놓치지 않는 몽상주의자도 있다.

이렇게 〈큐빅과 다이아몬드〉의 서사 구조를 조야하게나마 살펴보았다. 이 희곡의 모티프는 사랑, 꿈, 노동의 가치, 진짜와 가짜 그리고 노사 분규라는 키워드를 통해 탐색되어야 할 것이지만 이민우 작가가 20세기와 21세기의 우리 사회 노동현장을 통해 전언하려고 하는 메시지는 포괄적이고 우리 사회의 총체적인 문제들이다. 이 중에서 우리가 주목해야 할 것은 작가가 의도하고 있는 바, 젊은이들이 꿈꾸고 있는 가치가 세상과의 만남으로부터 좌초된 민초의 삶을 그리고 있다는 점이다. 그리고 이 희곡의 또 다른 특성은 감성적인 대사와 무대 미학이다. 중간중간 터져 나오는 아포리즘적 작가의 어록들은 이 시대 젊은이들의 절규이기 때문에 많은 이들에게 깊은 감동을 줄 수 있을 것이다.

이런 점에서 출판이 어려운 희곡집 《큐빅과 다이아몬드》를 발간하는 이민우 작가에게 축하의 말을 전하며, 이 희곡이 레제드라마로서 끝나지 않고 무대에 올려지기를 기대한다

이민우 희곡집

큐빅과 다이아몬드

초판 인쇄 | 2020년 11월 16일
초판 발행 | 2020년 11월 23일

지은이 | 이 민 우
펴낸이 | 이 노 나
펴낸곳 | (주)인문 엠앤비

주 소 | 서울특별시 종로구 북촌로 135
전 화 | 010-8208-6513
등 록 | 제2020-000076호
E-mail | inmoonmnb@hanmail.net

값 10,000원
ISBN 979-11-971014-3-4   03800

저자와 협의, 인지는 생략합니다.
잘못된 책은 바꿔 드립니다.

이 도서의 국립중앙도서관 출판시도서목록(CIP)은 서지정보유통지원시스템 홈페이지
(http://seoji.nl.go.kr)와 국가자료공동목록시스템(htpp://www.nl.go.kr/kolisnet)에서
이용하실 수 있습니다. (CIP제어번호: CIP2020047871)

Printed in KOREA

한국문화예술위원회의 아르코청년예술가지원으로 선정되어 원고료(일부)를 지원받아 발간되었습니다.